の忠誠

やがて繋がったまま、兄は体を倒し、フローランに苦しい姿勢を強いて、接吻してきた。

「……そなたを愛している」

蜜《みつ》夜《や》の忠《ちゅう》誠《せい》

高原《たかはら》いちか

ILLUSTRATION：高座《たかくら》朗《ろう》

蜜夜の忠誠

LYNX ROMANCE

CONTENTS

蜜夜の忠誠

暖炉《だんろ》の薪《まき》が、静かに燃え尽きようとしている。

薄闇に沈んでゆく、砂色の石壁。黒ずんだ木材が剝《む》き出しの梁《はり》。飾り気のない木の家具。狩猟で得た獲物の皮をなめした、野趣《やしゅ》あふれる敷物。素朴《そぼく》な、田舎家《いなかや》風の部屋は、だが防寒用の厚い天蓋《てんがい》布で覆われた寝台を備え、質素ながらも貴人の隠れ家の趣《おもむき》だ。

頑丈《がんじょう》で広い寝台の足元には、ふたり分の衣服と長靴《ちょうか》が脱ぎ散らかされている。ひとりは女性のような細身。もうひとりは引き締まった巨体の寸法ながら、どちらも男物だ。

「ん……ん……」

フローランは男の浅黒く頑強な体の下で、瑞々《みずみず》しい二十歳の肢体《したい》をうねらせた。蜜のような色合いの金髪が、褥《しとね》に流れるほどに長い。肌は乳白色に近く、薄闇の中で時折細く開く瞳は見事な碧玉《へきぎょく》で、薄暗い部屋の中でも、燦然《さんぜん》と輝く。

「ああ……ガスパール……」

蜜を舐《な》めとるような音を立て、自分を激しく貪《むさぼ》る男の名を、フローランは甘い声で呼ぶ。

「伯爵……ガスパール、ガスパール……も、いいから……はやく……」

受け入れる準備は、もうとうに整っていた。早くそのたくましく太いもので、この疼《うず》く箇所を穿《うが》って欲しい。いつものように容赦《ようしゃ》なく、骨と肉をめりめりと軋《きし》ませて――。

恥ずかしさともどかしさに震えつつ、両腿《りょうたい》を開くと、誘惑に応じて、膝に男の手が掛かった。左右に大きく開かれ、すんなりと長い脚の間に、男が腰を入れてくる。

ひくり、と蠢《うごめ》く入口のつぼまりに、漲《みなぎ》る先端が押し当てられる。

ぐちっ……と生々しい音を立てて、男の楔《くさび》が肉の狭間《はざま》を穿つ。

「う……っ」

深く穿たれる感覚に、くびれた細腰が跳ねる。男は構わず、腰骨をむずと摑みしめ、突き進んでくる。

「あ、ああっ……！」

まるで食べ頃の果肉を割るかのようだ。男が己れの逸物《いちもつ》を深く入れるにつれ、フローランの中からは、とろりと蜜があふれ出て、白桃のような尻に垂れていく――。

互いに男の性を持つ肉体同士の交わりは、だが意外なほどに滑《なめ》らかだった。受け入れる側のフローランの覚悟が良かったのか、それとも、下準備が充分だったのか。おそらく双方だろう。

「ふ、あ……っ」

ほどもなく、押し広げられた蕾《つぼみ》に、男の強《こわ》い茂みが触れる。自分が男の全長を受け入れたことを、フローランは知った。

男が、ほぅ……と、満悦の吐息を漏らす。それを聞き、フローランもまた、痺《しび》れるような悦《よろこ》びに充《み》たされる。

――自分にこんなことができるなどと、少し前までは、想像したこともなかった。

だが今はもう、すっかり、男を受け入れて愉《たの》しませ、自らも愉しむことができる体になった。後悔はない。屈辱《くつじょく》も感じていない。当初はあった羞恥《しゅうち》も、ほとんどなくなった。罪に堕《だ》する——とは、おそらくこういうことを言うのだろう。発覚すれば、まず火刑は免《まぬが》れない大罪を犯しているというのに、今はもう、良心の呵責《かしゃく》も感じない。この可哀想な男を——ガスパール・オクタヴィアン・ド・バルビエールを慰《なぐさ》め、満たすことほど、自分にとって悦ばしいことはないのだから——。

「ガスパール……接吻《キス》を……」

喘《あえ》ぎながら、フローランは男にねだる。男はそれに応《こた》え、厚く、やや硬い唇で、フローランの桃色の唇と、真珠の歯を覆った。

「ん、ん……」

激しくはないが深い接吻を交わし、名残惜《なごり》しく、唇を離す。

「どうか……」

男の黒い巻き毛を、フローランは白い繊手《せんしゅ》で愛撫《あいぶ》しながら囁《ささや》いた。

「存分に味わって下さいませ……」

甘い睦言《むつごと》——と言うには、その声には真っ直ぐな願いの響きがある。

「わたくしのことは考えないで……お好きなように……。何をされても、わたくしは平気、ですから……」

「フローラン」

「伯爵……ガスパール……」

気持ちが高まり、フローランは、体を繋《つな》げた男に、「あにうえ」と、甘い禁断の呼称で呼びかけた。

「兄上……！」

亡父の認知によって異母兄と定められている男に、今度は自ら接吻をする。唇を離すと、兄弟と言うには、あまりにも自分と似通ったところのない、浅黒い、東方の血を引く顔貌が、じっと自分を見下ろしている。

「……愚《おろ》か者め」

ため息のような声が、吐き出される。

「小たりとはいえ一国の主《あるじ》が、こんな、男娼《だんしょう》の真似事をするなど……それも、実の兄と神の御前《おんまえ》に定められた相手に」

「兄上……」

「俺の真の望みは、兄として臣下として、生涯そなたを守ってやることだけだったのだぞ、フローラン。そなたを傷つけようとする不忠《ふちゅう》の輩《やから》や、この国を乗っ取ろうと企《たくら》む外敵、そなたの美しさに惹《ひ》かれて言い寄る下種《げす》な虫どもはもとより、この俺自身の穢《けが》れた欲望からも、守ってやりたかったのだ」

それなのに……と、ガスパールは怨《うら》み言を零す。

「それなのに、こんな……」

「あ……っ」

男の――兄のものが体内で蠢く感覚に、フローランはびくりと慄《おのの》く。

「こんな……兄たる身で、そなたを……っ」

嘆《なげ》く声を漏らしながら、兄が動き始める。

ガスパール・オクタヴィアン・ド・バルビエール伯爵。いまだ二十五歳の若さにして、西方大陸全土にその武名鳴り響く、高潔なる「聖地の騎士」。漆黒《しっこく》の瞳と艶《つや》やかな巻き毛を持つ、長身の美丈夫。

だが身体頑強な彼は、同時に男の業《ごう》も深かった。この高名な騎士は、異母弟であり、身分上は主君でもあるフローランを犯してしまう罪の重さを嘆きつつも、弟の碧玉の瞳や、黄金の髪、そして乳白色の肌に触れれば、己れの欲望に抗うことが、どうしてもできないのだ。

「あっ、あっ……！　ああっ、兄上……！」

男の律動《りつどう》に翻弄《ほんろう》されて、金糸のようなフローランの髪が、乱れに乱れる。乳白色の肌が紅潮し、うっすらと、やがてしっとりと、遂にはしとどに汗を刷《は》き、伸し掛かる男の下で淫《みだ》らに熟《う》れる。

――兄が段々理性を失っていくのがわかる。剥き出しの男の業が、己れにとってフローランが何者であるかも忘れ、本能の赴《おもむ》くまま、美しい青年を貪り食らい始めている。

「はあっ……ああっ……ああ、ガスパール……！」

弟の尻肉と、兄の恥骨が打ち合わされる音が響く。

フローランは獣と化した男に身じろがぬように押さえつけられ、奥まで突きのめされ、犯された。もっともっと、少しでも多く苦しめ、悶《もだ》え狂わせたいとばかり、楔を打ち込む動きに捻《ひね》りを加えられ、粘液をこね回すような卑猥《ひわい》な音を立てられる。そうして、ただ欲望を遂《と》げるための玩具《おもちゃ》のように扱われながら、だがフローランもまた、歓喜の渦《うず》に溺《おぼ》れていった。

「兄上、あにうえ……ああっ、そこ……！　いい、いいっ……！　たまりませぬ……！」

総身をくねらせ、淫らな声を上げて、肉の悦びに酔い、共に堕《お》ちる。

――大小の国家ひしめく西方大陸では、同性同士の契《ちぎ》りは、王侯貴族の間で一種の社交手段とされていることもあり、多くは黙認され、罰せられることは少ない。

だが、近親相姦は、まず目こぼしされることはない大罪だった。万が一にも異母兄弟間の関係が露見すれば、王侯貴族の上に君臨し、すべての信徒を裁く権限を有する西方大教皇は、ふたりを宗教裁判にかけ、火刑による死を申し渡すだろう。そうなれば日を置かずして、兄弟は広場に引き出され、生きたまま紅蓮《ぐれん》の炎で清められることになる。地獄のような苦悶の末に灰となったその屍《しかばね》は撒《ま》き散らされ、墓を作られることもない。そして死して後も、その名は煉獄《れんごく》を這《は》いまわる者として記憶され、神に叛逆《はんぎゃく》した者として、永遠に辱《はずかし》められる――。

――それでも……。

男の獣欲にさらされながら、フローランは思った。それでも自分は、この兄の重い業を受け止めてあげたかった。その想いの深さに応えたかったのだ、と。

この可哀想な兄に、何かをしてあげたかったのだ――と。

「ああっ！　ひ、あああああああっ……！」

兄がなお一層深く伸し掛かり、とどめをさしにくる。

凄《すさ》まじい音を立てて、幾度も幾度も楔が奥まで突き込まれる。フローランは悲鳴を上げて悩乱《のうらん》し、無理矢理引きずり上げられるままに絶頂を迎え、白い花が散るように可憐《かれん》に果てた。それを見て取ったガスパールもまた、たくましい背を反らし、フローランの体内に熱いものをぶちまける。

そのまま、深く嚙《か》み合った腰を揺らし、振り絞るような仕草をされて、フローランは反らした喉《のど》を

「うく……」と鳴らした。

腸《はらわた》の奥に、じんわりと――男の体温が沁《し》みるような感覚がある。

そのまま、しばし、ふたりは熱い肌を重ねて、荒い息が鎮《しず》まるのを待った。

言葉もなく過ぎる、蜜のような余韻《よいん》の刻《とき》――。

やがて兄が身を起こし、おもむろに腰を引く。深く突き込まれていたものが、ねばつくものをまとって、ずるりと後退していった。

「あ……」

慄くほど巨大に膨張《ぼうちょう》していたものを引きずり出され、その茎が入口のつぼまりをしたたかに引っ掻く感触に、フローランは体をのたうたせた。余韻――と言うには生々しすぎる快感に、はしたなくひくつく性器から、だらだらと残滓《ざんし》が流れ出ていく。

「あ、あ……」

己れの淫らさを恥じらい、身を丸めて震える。

――まだ感じている。絶頂感が果てない……。

天空に吹き飛ばされたまま宙に漂い、なかなか降りてこれないこれは、女性との情交では決して味わえないものだ。サン＝イスマエル公国君主・第五代カテル大公フローラン・ロザーヌ・ドゥ・カテル。一国の国主たる身を、ただの男娼にしてしまうほどに凄まじい、「女」の快楽――。

「フローラン……フローラン……」

鉄のような双腕が、くたりと力の抜けた肢体を抱きしめてくる。

「許せ……。この兄を許してくれ……」

太い首と、筋肉の盛り上がった肩を震わせ、兄が泣いている。

「そなたを欲しがるのを止められぬのだ……どうしても、何をしても止められぬのだ……！」

絶望の底から響くような、悲痛の声。

「ええ、ガスパール……兄上……」

美しい金糸の髪の青年もまた、涙を流す。

「許しを乞《こ》わねばならぬのはわたくしのほうです。わたくしを懸命に守ろうとして下さった兄上の努力を無にしたのは、このフローラン自身。父を同じくする兄弟——と定められながら、道ならぬ逢瀬《おうせ》にお誘いしたのも、このフローランでございます。どうか、このわたくしを怨んで下さいませ。ひとりで苦しまないで下さいませ……」

ほっそりと長い腕が、男の頭を抱き寄せる。

絶頂の余韻も消えぬまま、フローランは兄を口づけに誘った。

「ん……ふ……っ」

濡れた舌を絡める。最初は畏《おそ》れ、慄いていた兄も、やがて夢中で応じてきた。

体の芯が熱く疼く。情欲の熾火《おきび》に、炙《あぶ》られているかのようだ。

「兄上——」

初めて、告げる。

「お慕い申し上げております——」

「……っ」

「今宵《こよい》、たった今、愛していただきながら気づきました、兄上……ガスパール……。幼き頃、初めてお会いしたあの時から、このフローランもまた、ずっと、あなたを――」

漆黒の瞳に、碧玉の瞳が訴える。罪はあなただけのものではない、この自分も――と。

「フローラン……」

茫然《ぼうぜん》と瞠《みは》られる目。

だがそれは、フローランが期待していたように、歓喜に輝くことはなかった。紗《しゃ》がかかるようにその輝きを曇らせたのは、逆に、深い絶望の色だ。

フローランの告白など、ひと欠片《かけら》も信じていない。信じられない。信じまいとする色だ。

「……兄上……?」

「ふ……」

自嘲《じちょう》するように唇を歪《ゆが》めた兄の手が、フローランの肌をまさぐり始める。

「あ……っ」

なぜ喜んでくれないのだろう、という不審も忘れ、フローランもまた、抗うこともできずに、再び快楽の中に沈んでゆく。

「兄上……ガスパール……!」

朝まで離さないで下さいませ――と囁く、甘やかな声。妖しく蠢く腰と、再び振り乱される、金の髪。

完全に灰と化した暖炉の薪が、音もなく崩れる。

「兄上、あにうえ、ああ……っ！　いく……っ……！」

哀れな贄《にえ》のように、男の太串で貫き通されながら、フローランは思った。

すべては半年前の、あの日。

この兄の帰還を祝う宴《うたげ》の夜から、始まったのだ——と。

サン＝イスマエル公国は、西方大陸屈指の大河ベルティーユ川が、ゆったりと弧《こ》を描きながら作り上げたドゥニーズ峡谷《きょうこく》に位置する小国である。

広大な大地を、さらに雄大に抱きしめるように流れることから、「母なる腕」と呼ばれるベルティーユの恵みによって、小国ながらその地味《ちみ》は肥沃《ひよく》で、余剰小麦や大豆をわずかながら近隣国に輸出する余裕さえある。また河川を上下する通商船から通行税を徴収することにより、租税負担を軽く抑《おさ》えつつも、財政を黒字に保つことにも成功しており、この地方では最も領民が暮らしやすい国として、「小さな宝石」「神の小指」と呼ばれていた。

その領主の居城ブランシュ城で、大公臨席の宴が開かれたのは、西方教会暦二五八年五月の、ある宵のことである——。

「おや、通りのほうがやけに騒がしいと思ったら、お城の跳ね橋をお偉い方々の馬車が渡って行くよ。今夜は宴かい？」

家畜に舐めさせる塩を城下町に買いに来た近隣の農婦が、首を伸ばしながら店の親父に尋ねる。

「ああ、五日くらい前に、お城の料理人が仔羊の肉を百人前くらい用意してくれって、急に肉屋に頼んできたそうだよ。その肉屋も大汗かいてたが、きっと今頃は、お城の厨房《ちゅうぼう》のほうがてんてこ舞いじゃないかねぇ」

親父の答えは呑気《のんき》なものだ。大らかに肥えた農婦も、へえと眉を上げて驚く。

「そりゃ珍しいねぇ。今の大公様はお若いわりに、あまり華やかなことはお好きでなくて、宴会なんかご自身の誕生日でさえ滅多にお開きにならないって聞いたけど」

「ふふふ、その料理人も、日頃は腕を持て余しちまうってよく肉屋に愚痴《ぐち》ってるらしいがね。今夜ばかりは特別さ。ほら、例の、バルビエール伯爵の凱旋《がいせん》をお祝いする宴なんだから」

「バルビエ……ああ、何でも聖地戦争で、お味方が何年も手こずっていた東方軍の城をひとつ陥落させて、大層なお手柄を立てなさったとかいう……」

「そうさ。何しろ王様や諸侯にとっちゃ、ご自身の配下や親族から『聖地の騎士』を出すのは大層な名誉だそうだからね。そりゃ日頃は万事つましくなさっているフローラン殿下だって、宴のひとつも開いて、近隣の国の方々もお招きしなきゃ、恰好がつかないんだろうよ。ところで御宅にゃ病気の仔馬か仔羊はいないかね？　近頃は東方から、家畜の腹下しに効くいい薬草が入るんだが、試しに使ってみないかね？」

そして、農家のおかみが塩のおまけに珍しい薬草を手に入れて、ほくほくと帰路についた頃、ブランシュ城の大広間には、壮麗なファンファーレが響き渡っていた。

「お集まりの皆さま！」

侍従《じじゅう》が広間のざわめきに負けぬよう、声を張り上げる。

「第五代カテル大公、フローラン二世殿下のお成りにござりまする——！」

おびただしい蠟燭《ろうそく》を灯した広間に集《つど》う人々が、さやさやと絹服を鳴らし、一斉に低頭する。

その中にはうら若い令嬢も、臈《ろう》たけた貴婦人も、今を盛りの若木のような貴公子もいる。

しかし豪奢《ごうしゃ》なマントの裾を引き、宝冠を戴《いただ》き、錫杖《しゃくじょう》を手に出御《しゅつぎょ》したフローラン・ロザーヌ・ドゥ・カテルの美貌は、ただひとりですべての人々を圧してしまうかのようだった。即位二年にしていまだ二十歳。ベルティーユの流れのように豊かな黄金の髪。碧玉の瞳。ことに陰りのない乳白色の肌は、婦人たちの嫉妬《しっと》と、男の情欲を掻き立ててやまぬ美しさだ。

ごくり……と固唾《かたず》を呑む音がする。

——お、お美しい。今宵はまた、一段と……。

——真《まこと》に……ひどく慎《つつ》ましいご気性で、着飾ったお姿を拝見できる機会など、滅多にござらぬゆえ、なおさら目に眩《まぶ》しい……。

——ふふふ、あの臈《ろう》たけたお姿を目にしては、今宵は淫夢にうなされる輩が続出でしょうな……。一夜お相手いただければ、首を落とされても構わぬ、と……。

ひそひそと、しかしあからさまに主君たる若者への欲情を口に出す男たちの背後で、その時、がしゃり、と重々しい金属音がした。

卑猥な陰口を叩いていた男どもが、びくりと背筋を伸ばす。

「第四代バルビエール伯爵。ガスパール・オクタヴィアン様、ご入場——!」

一斉に振り向いた人々の視線の先で、巨人、と称して良い体格の人物が、全身を隙《すき》なく甲冑《かっちゅう》で覆った姿で屹立《きつりつ》している。左右の旗手が四枚羽の鳥を描いた旗を指し上げ、讃《たた》えるその下を、甲冑の人物はがしゃり、がしゃりと金属音を立てつつ歩み進んだ。

甲冑は儀式用の美品ではなく、手入れされ、磨《みが》かれてはいるものの、随所に戦場での傷が刻まれている実用品であった。堂々たる歴戦の騎士の姿に、広間のそこかしこから賞賛と畏れの入り混じったため息が漏れる。

——お姿をお見上げするのは二年ぶりじゃが、いやいや相変わらず、何と言うか……。

——あ、圧倒されまするな。あの重々しい甲冑を、まるで薄絹のように軽やかに……。

——何でも聖地では、鬼神のごときお働きだったとか……。

——左様《さよう》、教皇猊下《げいか》があのように突然崩御《ほうぎょ》されねば、あるいは今頃は聖地にご自身の旌旗《せいき》を立てておいでであったやも……。

ざわつく広間の空気など一顧《いっこ》だにせず、甲冑の人物は玉座の正面にまで進み、その場に片膝を突いて最敬礼の姿勢を取りつつ、冑《かぶと》を脱いだ。

艶やかな黒髪が露わになり、おお……と人々がさざめく。

バルビエール伯爵ガスパール・オクタヴィアンもまた、その主君たるフローランとは別の意味で、見応えのある男だった。渦巻く漆黒の髪。同じ色の瞳。たくましく張りつめた、浅黒い肌。そして甲冑の重さをものともしない雄偉《ゆうい》な体格。フローランが中性美の完成形ならば、ガスパールは男性美のそれだろう。

「ド・バルビエール……」

感激に震える声は、だが居並ぶ人々からではなく、玉座のフローランのほっそりとした体から発せられた。

「よく……よく無事で帰って来てくれた。戦場での栄誉よりも何よりも、そのことを嬉しく思います

「――」

「……過分なお言葉にございます、殿下」

感情の高揚《こうよう》を隠しきれていないフローランに対して、ガスパールの声は、おや、という顔をした者が何人かいたほどに平坦だった。人としての感情を、極限まで押し殺した声があるとすればこれだろう。まるで石像がしゃべっているかのような――と、胸中に呟《つぶや》いた者もいたに違いない。

――ああ、やはりバルビエール伯爵には、先代の長子たる自分が、嫡出《ちゃくしゅつ》とはいえ次子のフローラン殿下に膝を屈することに、ご不満がおありなのだな……。

――無理もない……元々伯爵のご生母は、先代大公の歴とした正妃であられたものを、他国の難癖で……。

ごほん、とわざとらしい咳払いの音に、宮廷雀《きゅうていすずめ》の中年貴族がびくりと振り向く。そこに立っていたのは、装いを白地に赤い一角獣の文様《もんよう》で統一し、気障《きざ》なほど口髭《くちひげ》の端を捻り上げた騎士階級の男だった。

「おっと……ドワイヤン侯爵領のウスターシュ将軍じゃ」

くわばらくわばら、と首を竦《すく》めた男に、隣の男が「ウスターシュ？」と小首を傾《かし》げる。

「はて、ウスターシュ……？　ああ、思い出し申した。ドワイヤン女侯爵お気に入りと噂《うわさ》の幕僚《ばくりょう》で、フローラン殿下の母方の従兄君《いとこぎみ》であられる方か」

「殿下の母方のご一族じゃと？　それでは、バルビエール伯の御母君を大公妃の座から追い出した一味のひとりではないか。伯爵の祝宴に列席するとは、何と厚顔な――」

「まったくじゃ——先代大公の御世《みよ》、自家の姫君を大公妃に据えんがため、バルビエール伯爵の母君は婚姻無効——大公との間には最初から正当な婚姻関係がなかったと教皇猊下に訴え、ごり押しでこれを認めさせたのは、ドワイヤンの女侯爵殿ではないか。その結果、哀れ伯爵の母君は、一夜にして正妃から何ら地位なき愛人へ転落……失意のうちに男子を産み落とされ、体を損ねられた挙《あ》げ句《く》にご発狂なされた。その後十年ばかりどこぞの田舎城に隔離されておいでであったと聞くが、ついに正気に戻られぬまま命を落とされたそうな……」

「何と……御先代様も、そのような事情で妻を失われては、さぞかしご無念であったろう」

「うむ、ドワイヤンの圧力に負けて守りきれなかったお妃様と、本来なれば嫡長子となされたはずの子を惜しまれた先代大公は、せめてもの償《つぐな》いにと、血筋の途絶えていたバルビエール伯爵家の門地をお与えになり、自身の庶子《しょし》としてしかと認知なさった上で、いわば臣籍《しんせき》降下なされた。それゆえ……」

再び、ごほん、と咳払いの音。ふたりの公国貴族が、ひゃっと首を縮める。ドワイヤン侯爵領は国主としての地位こそサン＝イスマエルのカテル大公家よりも格下だが、歴代の当主が領土拡大に非常に積極的で、今やその版図や軍事力は、公国とは比べ物にならぬほど大きかった。カテル大公やその臣下たちは、大国の顔色を常に窺《うかが》わねばならぬ小国の運命に忍従してきたのである。

「ド・バルビエール——何か予に望むことはないか」

若く澄んだ美声が、広間に凛《りん》と響き渡る。フローラン二世は、その美貌だけでなく、吟遊《ぎんゆう》詩人も羨《うらや》む美声の持ち主としても知られていた。

「卿には、すでに教皇猊下より『聖地の騎士』の称号を賜《たまわ》ったとのこと。しかしこのサン＝イスマエル公国は、まだ卿の働きに何ら報いておらぬ。新たな領地でも、爵位の昇進でも、何なりと望みを言うがよい」

ざわざわ——と広間が色めき立つ。

無理もない。庶長子と嫡次子の主従関係など、傍目《はため》から見れば薄氷の上に成り立っているようなものだ。もし兄たるバルビエール伯爵が、「俺に正統な嫡子としての地位を寄越せ」と言い出せば、たちまち公国は兄弟が大公位を争う騒乱の渦中となるだろう。それをフローラン自ら「望むものは何でも」とは、大胆な——人が良すぎる物言いではないか。

——やはり、まだお若いだけにお甘い。これをきっかけに兄君に地位を追われるような事態になったら、いったいどうなさるおつもりか……。

人々が腹中に若い大公への不安を抱きつつ、バルビエール伯爵を注視する。片膝を突いた黒髪の騎士は、ふっ、と小さくため息をつき、おもむろに「では」と顔を上げた。

「では、畏れながら望みを申し上げまする」

「おお、遠慮はいらぬ。何なりと——」

「フローラン二世殿下には、この場にて、どうかこのガスパールの臣従礼《オマージュ》をお受けいただきますよう、お願い申し上げまする」

ざわざわ……！　と空気が大きく波立つ。人々は互いに視線を交わし、各々に憶測を巡らせ合った。

若い大公もまた、驚愕《きょうがく》の表情で、宝石のような碧玉の瞳を瞠っている。

臣従礼《オマージュ》とは、文字通り主君に対して忠誠の誓いを立てる儀式である。つまりガスパールは、弟であるフローランに対して「正式な臣下にして欲しい」と望んでいるのだ。大公家の連枝《れんし》、あるいは君主の兄、といういわば「王族」としての立場を、あえて降りようというのである。

意外な申し出であった。西方大陸諸国では、主従関係はいかに代々仕えようとも世襲ではなく、あくまで一対一の契約関係であり、その制約は非常にゆるく、流動的なものである。「新しい主君を求めて諸国遍歴の旅に出た騎士の苦難の旅路」がしばしば叙事詩に謳《うた》われるのは、それが大陸の人々にとって身近な主題だからだ。また主君の側が他国の有能な騎士や臣下を勧誘し、引き抜くこともある。ましてバルビエール伯爵のように高名な騎士ともなれば、おそらくどこの国からも引く手あまたであろう。サン＝イスマエルのような小国で微禄《びろく》を食《は》んでいるよりも、もっと豊かで高禄を保証してくれる大国の君主を探したほうが、本人にとってもより多くの栄誉に繋がる道が開けるというものである。

それを、あえて小国である故国の、しかも色々と因縁《いんねん》のある異母弟の臣下となり、忠誠を誓おうというのだ。いったいその腹の内にはいかなる思惑があるのか——と、人々が憶測し合うのも無理ならぬことだった。

「し、しかしバルビエール伯……」

兄が弟に臣従など……と困惑顔のフローランに対し、ガスパールの表情は相変わらず石のようだ。

「二年前、このガスパールは大公殿下の即位式にも参列いたせず、慌《あわ》ただしく出征せざるを得ませんでした。ゆえに、いまだこの身は殿下の臣下としての正式な身分を得ませぬ。どうかこの場にて、皆々様に殿下の臣としてのわたくしめを披露目《ひろめ》していただきとうございます」

「……伯爵……」

「どうか、伏して願い上げまする――フローラン……殿下」

深く低頭し、確固たる決意を声に滲《にじ》ませるガスパールに対して、美貌の大公はひどく優柔不断な様子で、返事をしかねている。見かねた臣下の一団が、「殿下」と進み出てきた。見事に大中小と体格のまちまちな、三人の絹服の貴族たちだ。

「殿下、『聖地の騎士』たるバルビエール伯爵を臣下といたすは、君主にとってこの上なき名誉。何をそう迷われます」

「ヴィシウス」

「群雄割拠《ぐんゆうかっきょ》のこの世において、目の前にある名誉をみすみす逃すは、愚か者でしかございませぬぞ」

「アンブロワーズ」

「左様左様、それに君主たる者、あまり余人に決断力のないところを見せるものではございませぬ」

「ロランス」

それぞれ大中小の男たちに半《なか》ばなぶられるように諫言《しんげん》され、フローランは恥じ入って頬を染め、悔しげに視線を落とした。三人の言う通りだ。近隣国からの来賓《らいひん》も居並ぶこの場で、バルビエール伯爵の忠誠に対して猜疑《さいぎ》を示すような態度を取れば、サン＝イスマエル情勢への懸念《けねん》や不信に繋がってしまう。だが……。

「フローラン殿下」

深みのある声に、やや柔らかみを加えて、ガスパールが異母弟を呼ぶ。

「どうか、わたくしめに御手《みて》を――」

兄の大きく無骨な両手が、さあ、と乞うように差し出される。

フローランは痛ましい思いを抱きつつ、兄を見つめ返した。

(兄上……)

――本来ならば、この兄こそが……この堂々たる騎士こそが、カテル大公であったはずなのだ。

それは異母兄の存在と、その出生にまつわる複雑な事情を知って以降、ずっとフローランの心に懸《か》かってきたことだった。

――ドワイヤンからの不当な横槍がなければ、兄上のご生母はずっと正妃であられ、兄上は誰憚《だれはばか》ることなく次期大公としてご成長なされていたはずなのだ。それなのに、わたしの母を押しつけられたがために、父上は泣く泣く愛する母子を追放し、意に染まぬ姫を娶《めと》らされた挙げ句、わたしのような頼りない次子を跡取りにせねばならなかったのだ……。

二年前に急死した先代カテル大公オーベール三世は、無力な小国の君主の悲哀に甘んじながらも、精一杯高潔で公平な人柄を保ち続けた人だった。フローランに対しても、五歳年上の庶兄にまつわる事情を包み隠さず話した上で、「くれぐれも兄を粗略に扱わぬように」と言い含めたのだ。

フローランも無論そうするつもりであり、場合によっては大公位を禅譲《ぜんじょう》しても良いとまで思っていたのだが、兄は――おそらく自分には大公位に対する野心などない、と表明するためであろうが――父の喪《も》も明けぬうちに、さっさと教皇軍の東方遠征に参加し、そのまま二年間、サン＝イスマエルを留守にしていたのである。教皇の崩御によって聖地奪還戦争が急遽《きゅうきょ》停戦・和睦《わぼく》とならなければ、おそらくもっと長期間行ったきりになっていただろう。

そして、やっと帰って来てくれた――これで少しは、父上の御遺言を守ることができる――と安堵《あんど》していたフローランに対して、今度は臣従し、臣下として忠誠を誓うと言う。この兄は、自分はあくまで先代の庶子と定められた身であり、ずっと日陰の存在であり続けると宣言するつもりなのだ。フローランが抱き続ける呵責や罪悪感を、決して汲み取ってくれるつもりはないのだ――。

――兄上……申し訳ございませぬ……。

フローランは美しい眉を寄せ、悲しさに身を震わせながら、合掌《がっしょう》した手を差し出した。

その白い繊手を、騎士の無骨な手が挟んで包む。

兄の手の熱さに、とくん……と心臓が跳ねた。幼い頃にはよく感じていた、長じてからは滅多に触れることが叶わなくなった、兄の体温。兄の感触――。

「汝《なんじ》……我に忠誠を誓うや」

フローランの問いかけに、

「我の名と神の御名に懸けて」

騎士の堂々たる低音が答える。

「汝、我に四つの義務を負うや」

「我、主君に対し奉《たてまつ》り、常に供をし、常に敬い、常に政《まつりごと》を助け、常に敵と戦う義務を負うものなり」

「されば我は、汝に禄《ろく》を授け、城下に住居《すまい》を与え、武装の費《つい》えを負い、汝が子の養育を助け、これが長じし暁《あかつき》には、女子には嫁ぎ先を、男子には師たる騎士を与うるであろう――」

実際にはガスパールはいまだ独身で、妻も子もないが、これは慣習的に決められた誓言である。

フローランが最後に「ここに我ら主従となりし。末永く神の加護を願わん」と宣言すると、主君は臣下から誓いの接吻を受けて、主従関係が成立する。フローランは兄に手を取られたまま、その唇を受けるべく、優美な仕草で身を乗り出した。

「……っ……」

その時、フローランはあやうく玉座から転げ落ちそうになった。膝をにじり寄せてきた兄が、不意に片手を伸ばし、ぐい、と強い力で若い主君の、異母弟の頭を引き寄せたからだ。

「あに……！」

フローランの唇を、兄のそれが覆い尽くす。

広間の群集が、どよ……とざわめく。

通常、臣従礼における主従の接吻は、ごく軽い形式的なものだ。だがガスパールが主君たるフローランに浴びせたのは、儀式上の——と言うには、明らかに熱烈すぎるものだ。

——まるで恋人へのそれのように……。

「あ、あに、う……」

「フローラン」

濃厚に絡めていた唇を離した兄が、ふ、とかすかに微笑《ほほえ》む。そして声を張り、堂々と言ってのけた。

「お許し下されよ。またとなき美貌の主君を得た嬉しさに、つい羽目を外し申した」

一瞬の間。そして、どっ、と広間が沸《わ》く。

その場にいる全員が、ふたりが異母兄弟であることを知っている。兄が弟をからかったのだ、と悟った人々は、遠慮会釈もなく兄弟を指さして笑った。

「あれ御覧なされ、あの大公殿下の真っ赤な御尊顔を！」

「何とまぁ、どれほどの堅物かと思うておったバルビエール伯が、このようなきついご冗談をなされようとは！」

ははは、わははは、と男女の声が響き渡る中を、フローランは早鐘打つ胸と、発火するような頬を押さえて後ずさり、よろよろと玉座に崩れ落ちた。

「いやいや、なかなかの見ものでござった、フローラン二世殿下！」

広間を圧する声を放ったのは、隣国からの来賓であるウスターシュ将軍だ。

「麗しのフローラン様に接吻いたす機会なぞ、御婦人なればいざ知らず、我ら男は、一生一度の臣従礼の際にしか得られませぬものなぁ！　つい熱うなってしまわれたバルビエール伯のお気持ちは、ようわかりまするぞ！」

男の太い声に、再度、どっと広間が沸き返る。これを好機と見たのか、気を利かせた楽士たちが、陽気なしらべを奏《かな》で始めた。

「～～～っ、あ、兄上っ……！」

フローランは上目使いに兄を睨《にら》みながら、つい、公式の場では禁忌《きんき》にしている呼び方で、兄を呼んでしまった。目の前の兄は素知らぬ顔で、給仕から酒杯をふたつ受け取り、片方をフローランに差し出してくる。

「乾杯の音頭を、殿下」

「……っ」

「皆が殿下の御発声をお待ち申し上げておりまする」

　さあ、と促《うなが》す兄の深い艶のある瞳を見て、フローランは悟った。

　兄はフローランのために、不穏《ふおん》な空気をほぐしてくれたのだ。生真面目《きまじめ》で律儀《りちぎ》で、冗談など、滅多に口にする人ではないのに、柄《がら》にもない演技までして——。

（兄上——）

　じん……と心に沁みるものがある。鉄面皮を装いながら、兄はやはり、心の中でフローランを案じてくれているのだ……。

　勇気を得たフローランは、酒杯を手に立ち上がった。堂々とさえしていれば、西方大陸随一と言われる美貌の君主は、華やかな場にこの上もなく映《は》える。「聖地の騎士と、サン＝イスマエルに栄えあれ！」と謳い上げる声も、あたかも神の福音を告げる天使のようだ。

「栄えあれ！」

　人々の唱和。

　その後は、三々五々の歓談の時間である。慎ましい気性であまり人に打ち解けぬと言われるフローランも、諸国からの賓客や自国の有力貴族、臣下たちに親しく取り囲まれ、栄誉ある聖地の騎士を臣下に得たことへの言祝《ことほ》ぎを受けて、美しい微笑みを見せて応じ続けた。これも君主の義務である。

（——兄上……）

　だが合間合間には、つい目でガスパールの姿を探してしまう。

聖地からの凱旋以来、慌ただしく挨拶《あいさつ》を交わすのが精一杯で、ろくろく会って話すこともできなかった。顔を合わせるのも臣下の前で、それも君主と騎士としてよそよそしく話すしかなく、ずっと歯がゆい思いをし続けていた。おそらく今宵も、この様子では、機会は得られないだろう。

（もう、子供の頃のように、無邪気に親しみ合うことはできないのだろうか——）

どこかの年配の貴婦人に相対している兄の姿を遠目に、フローランは苦い失望を噛みしめる。

世間の憶測とは裏腹に、ガスパールとフローランは普通以上に仲の良い兄弟だった。兄が十歳、弟が五歳の時に兄弟として引き合わされて以来、兄は大人しく泣き虫の弟を優しく慈《いつく》しみ、弟はたくましく力強い兄に憧れ、心から頼りにし、また誇らしくも思っていた。

その関係に隔たりが生まれ始めたのは、兄に妻を迎える迎えぬの話が出るようになった頃——ガスパールが十代の半ばになった頃からだろうか。

兄の館に出かけた父が疲れた様子で帰ってくるなり、苦々しく漏らした言葉を、フローランは思い出す。

——ガスパールは生涯妻は娶らぬと言うのだ。結婚して子を成せば、カテル大公家に庶流の血統が生じ、あるいは権力争いの根を生むことになるやもしれぬ、と申してな……。

つまり兄は嫡流のフローランに遠慮して、一家を構えることを拒んだのだ。父は庶子とせざるを得なかった長子を痛ましく思い、世継ぎの次子以上に愛情を注いでもいたから、「そなたがそこまで配慮する必要はない。余計な心配などせずに、家族を持って幸せを求めるが良い」と散々説き伏せようとしたらしいのだが、頑固な兄は最後まで「フローランの障《さわ》りになってはならぬゆえ」の一点張りで、遂に縁談を拒み通したのだそうだ。

弟の将来のために自分は血を残さない、という兄の悲壮な決意を知り、そんな……と衝撃を受けるフローランの前で、父は深くため息をついた。

――あれも年頃ゆえ、寝床が寂しいこともあろうに。愛人がいるという話も聞かぬし、いったい夜の慰めをどうしているのやら……。

一家を構える構えぬだけでなく、息子の生々しい性欲処理事情まで心配するのは、やはり父親ならではだった。その当時まだ十歳前後で、ろくに精通も来ていなかったフローランは、父の露骨さに顔を赤らめたものだ。

だが大人になった今考えるに、確かに不思議なことだった。身辺にまったく女性の影がない兄は、あの頑強な体の熱をどこで発散しているのだろう。いわば田舎の城下町でしかないブランシュ城の近辺には、商売女を揃えている店などそれほどあるわけでも――。

(――いやいや、何を考えているのだ、わたしは。こんな下種なことまで勘ぐるなど、兄上に失礼ではないか……)

フローランは人いきれに酔って青白くなった額をぶるぶると振った。妻を持たない兄がどこでどのように性欲を発散していようと、それは余人の立ち入ってはならぬ話だ。

それに、そのようなあけすけな事情までも聞き質《ただ》すには、フローランと兄の間は隔たりすぎてしまった。いや、「バルビエール伯爵には大公位に就《つ》けなかった不満がおありに違いない」という世間の憶測を払拭《ふっしょく》するために、兄が弟に遠慮し、一方的に遠ざかってしまったのだ。だが人々が何と噂しようと、フローランは兄を警戒し猜疑する気持ちなど、一度も抱いたことはない。もし兄が、あるいはフローランに野心ありと疑われているかもしれぬと考え、家族を持つことを拒み、聖地へ出征して異母弟と距離を置くことにしたのだとしたら、それはあまりに水臭く、悲しいことだった。

——だって、わたしの心は今も昔と変わらないのに。ずっと、兄上をお慕いしているのに……。

「相変わらず、バルビエール伯にご執心ですな、従弟殿《いとこどの》」

不意に話しかけられ、フローランは背後を振り向いた。そこには華麗で傷ひとつない、装飾過多な儀礼用の鎧《よろい》を身に着け、気障に口髭を整えた男が立っていた。

「ウスターシュ将軍……」

「それがしのほうなど一顧だにされず、伯爵殿のお姿にかぶりつきとは……」

つれないことだ、とからかうようにぼやいてみせた隣国の騎士は、すでにほろ酔い加減である。

「さてはこのウスターシュに妬《や》かせようという魂胆《こんたん》ですかな？　この焦がれる胸の内を知りながら、その目前で他の男に秋波《しゅうは》を送るとは、あまりといえばあまりな性悪ぶり。いかにお相手が兄上様——いやいや、これは非公式なことでございましたな。ですがご血縁の方とは申せ、あまりに熱い目を向けられる相手には、このウスターシュ、恋する男の血が騒ぎますぞぉ！」

「しょ、将軍……」

馴れ馴れしく絡まれて、困ったな、とフローランは顔をしかめた。この母方の従兄は——従兄と言っても、年齢的にはフローランの父や叔父と同世代なのだが——ここ数年、特にガスパールが出征して以降、たびたびドワイヤン侯爵領からサン＝イスマエルにやってきては、外戚《がいせき》の血縁を盾に、フローランに私的な面会を求め、親密な関係を迫ろうとするのだ。

親密な関係──つまり、男色関係である。

──そう難しくお考えあるなフローラン殿。諸侯の間では、昨今、珍しくもないことでございますぞ。他国の要人との間に、強力な繋がりを作るのに、これ以上の方法はございませぬゆえな……。

確かに、それは従兄の言う通りだった。弱小な国の君主は、より強い国の君主の宮廷に客人として滞在し、そこで堂々と公認の愛人として振る舞うことすらある。歴代、ドワイヤンの脅威にさらされてきたサン＝イスマエルの国主として、フローランも幾度か、「国益のためには、この従兄殿に体を許すべきかもしれぬ……」と思い詰めたこともある。ウスターシュは単にカテル大公家の外戚というだけでなく、ドワイヤンに於《お》いても君主の信望篤《あつ》い将軍であるから、おそらく関係を密にしておいて損はない相手であろう。だが……。

「麗しのフローラン二世殿下。どうかこの哀れな従兄に、今宵、せめて接吻をお許し下され──」

囁いた従兄が、顎《あご》を捕らえて仰《あお》のかせ、酒臭さの中に濃い男の体臭が混ざった息を吹きかけてきた瞬間、フローランは息を詰めた。

「……っ！」

耐えがたい嫌悪感が湧《わ》き上がり、反射的に男の胸をしたたかに突き放す。酔った従兄は後ろによろめき、とある貴婦人を巻き込んで仰向けに倒れた。きゃあ、と悲鳴が上がり、銀食器が幾枚か床に叩きつけられる。

派手な物音に、賑《にぎ》やかな祝宴が一転、シン……と凍りつく。

しまった、とフローランは青ざめた。公式の宴の場で、他国の要人に恥をかかせてしまった。一国の君主にあるまじき失態だ。

——ど、どうしよう……どう取り繕《つくろ》ったら……。

棒を呑《の》んだように立ち尽くすフローランの両脇から、主君の体を押しのけるように、大中小三人の臣下がウスターシュの周囲に駆け寄ってきた。そしてオロオロと狼狽《うろた》えつつ、「ま、まことに失礼つかまつりました」「大事ございませぬか」「どうぞお許し下されませ」と口々に謝罪する。

「さ、さ、何をしておいでです。フローラン殿下。ウスターシュ殿に……お従兄殿に謝られませ」

横に巨大な体格のヴィシウス。

「このような場で肘鉄《ひじてつ》を食わせるなど、騎士たるお方に対し、無礼にもほどがありまするぞ！」

中肉中背で三日会わねば顔を忘れてしまうほど特徴のないアンブロワーズ。

「左様左様」

したり顔で頷《うなず》いた臣下は、一番小柄なロランスだ。

「どうせいつかは、ウスターシュ殿のものとなる御身でございますのに」

「……っ」

フローランは唇を噛んだ。この三臣下たちは、自身の主君であるフローランの体など、ドワイヤンに差し出す供物《くもつ》程度にしか考えていないのだ……。

「まったく」

ぼやく声。

「御身を高く売りつけられる時期など、お若いうちだけでござりますのに、焦《じ》らしすぎては値崩れを招きましょ――ぎゃあああああ！」

広間中に鳴り響くような悲鳴を放ったのは、「小」のロランスだ。その寸詰まりな体を、ガスパールの雄偉な長身が、腕を捻り上げて宙に吊り上げている。

「兄上――！」

フローランは驚いて異母兄の顔を見上げた。つい先ほどまで広間のあちら側で歓談していたのに、いったいいつのまに近づいてきていたのか。まったく気配にも気づかなかった……。

「この不忠者めが」

地獄の審判のような声。

ガスパールの手が捻り上げるロランスの腕が、ぎぎぎ、と音を立てている。

「うが、が、ガスパール様ガスパール様、お、お許しをどうぞお許しを！　腕が、腕が折れ……！」

「あ、兄上……」

あまりに鬼気迫る兄の表情に、フローランは喉を震わせ、やっとの思いで「お、おやめ下さいっ」と声を放った。

「ロランスはこのサン＝イスマエルの重臣でございます。怪我をさせてはなりませぬ！」

すると長身の騎士は、忠実な牧羊犬が羊飼いの命令を聞いた時のように、瞬時にして手を離した。

ロランスの体が音を立てて床に落ち、ごろんと玉のように転がる。

ひいひいと惨《みじ》めに泣く声だけが、鎮まり返った広間に響く。

「――ご無礼、つかまつった」

寡黙《かもく》な騎士は、巻き毛の頭を垂れると、くるりと踵《きびす》を返した。人々が慌てて左右に道を開ける中を、その広い背中が去って行く。

「ふう」

息をついたのは、多少酔いが醒《さ》めたような顔で立ち上がったウスターシュだ。

「いや、驚き申した。聖地の騎士殿の御前《おんまえ》で、フローラン殿下に無礼講の振る舞いは禁物ということですな。まるで羊を狩りに来た狼《おおかみ》に飛びつく番犬のようだ」

ガウガウ、と犬の鳴き真似をしてみせるウスターシュに、婦人の幾人かがきょとんとし、次の瞬間、「うふふ」と含み笑いをする。意図してか否か、それで場の空気が和《やわ》らいだ。

ウスターシュがくるりとフローランのほうを向く。

「さて従弟殿。忠実なる騎士殿に噛みつかれるのは、このウスターシュも願い下げたいところ。頂き損ねた接吻の代わりに、その美声で一曲、披露していただけませぬかな？」

つまり肘鉄の償《つぐな》いに、フローランに歌えというのだ。宴の席で興が乗った貴族や君主が、日頃嗜《たしな》む歌やダンスを披露するのはよくあることで、特に無体な要求というわけではない。来賓に働いた無礼を水に流してくれるのならば、その程度のことはせざるを得まい。

（それに、助けて下さった兄上に、咎《とが》めを及ぼすわけにはいかぬ……）

喜んで、と答えたフローランは、近くにいた従者に「リュートを持て」と命じた。主君が楽《がく》を良くすることを知る従者は、すぐに心得て下がり、ほどなくフローラン愛用の弦楽器を持参してくる。

洋梨を縦に割ったような姿の楽器を手にしたフローランは、ほろりと奏で、音を整える。

「……急なことで、声がうまく響くかどうかわかりませぬが」

そう断って、弦をつま弾き、ほろほろと繊細な旋律を紡《つむ》ぎ始め、紅唇を開く。

──夜闇《よるやみ》の中で妙音鳥《フィロメル》が歌い、わたくしたちの逢瀬の時は過ぎゆく。

それは、許されざる恋人たちの夜明け前の情景を謳《うた》う詩だった。ここ数年、遍歴の吟遊詩人《ドルバドゥール》たちが各国の宮廷で披露し、流行させている歌物語である。

──おお、妙音鳥《フィロメル》。夜啼《よな》きの鳥よ。どうか少しでも長く歌っておくれ。夜明けのひばりなど追い払っておくれ。日の出など永遠に来なければいい。朝焼けを美しいと思ったのは、愛を知る前、はるか昔のこと。愛しい人を知る以前のこと。闇が優しいものだと知ったのは、愛しい人と密かに唇を重ねたあの夜のこと……。

美貌の君主の、吟遊詩人以上と賞される美声が、広間の人々を酔わせる。うっとりと聞き入る人々の垣根の向こうに、フローランはちらりと兄の姿を確認した。

ガスパールは、広間から離れた列柱の間にひとり立ち尽くし、フローランの声に耳を傾けている。

その孤独な姿に、フローランの胸に切なさが迫った。

フローランの障りにならぬようにと、妻を娶らなかった兄。即位したフローランの地位を脅《おびや》かさぬように、故国を離れ、聖地遠征に参加した兄。

……いったいどれほど、寂しい思いを押し殺してきたのだろう……。

そして帰還した後も、兄は人々の猜疑を招かぬように、弟の正式な臣下となることを希望したのだ。

だが、そうして距離を取りながらも、場を気まずくしたフローランを助けるために、柄にもない道化を演じ、そしてまた、来賓の不埒《ふらち》な振る舞いと、臣下の無礼に、激怒してくれたのだ——。

フローランの視線に気づいたからだろうか。兄が、ふとその場を立ち去ろうとする。

——おお妙音鳥《フィロメル》、妙音鳥《フィロメル》。夜の守り神よ。その声を長く聞かせておくれ。どうか長く、どうか少しでも長くこの夜が続きますように。せめてこの瞼《まぶた》に愛する人の面影を焼きつける間だけでも。ほんの瞬《まばた》きの間だけでも……。

完全に広間から姿を消そうとするその姿を目で追いながら、フローランの歌声に、悲しみと恋しさが混じる。

意図せざることに、その感情の震えは、決して陽が当たることはない秘密の恋の歌に、得《え》も言われぬ味わいを添え、広間に夢のようなひと時を生み出した。

音が途切れて、一瞬の間が置かれたのは、人々が余韻に酔っていたからだ。次の瞬間、広間は万雷《ばんらい》の拍手に充たされる。

「ブラヴォ、ブラヴォ！　麗しのフローラン殿、何と素晴らしい！」

感激した面持ちのウスターシュが、両腕を開き、フローランを抱擁すべく、近づいて来る。

「兄上！」

だがフローランは、兄の後を追うことしか頭になかった。自分でも意識せず、従兄の腕にリュートを押しつけ、広間を駆け出す。ウスターシュは両腕で楽器を抱え、よろっ、とよろめいた。

従弟の代わりにリュートを抱かされた、その間抜けな顔を見て、若い令嬢が、うかつにもくすすと笑う。

「……っ」

中年の騎士の、口髭がぶるぶると震える。

「……フローランっ……！」

べきり、と音がして、リュートの棹《さお》がへし折られる。笑っていた令嬢が一転、ひっと息を呑んで飛び退《すさ》った。

真っ二つに折れたリュートを手にした大国の騎士の顔は、屈辱に戦慄《わなな》き、朱泥《しゅでい》色に染まっていた――。


領主の居城には、どこにも大抵、領主一族専用の祈禱《きとう》室が設けられている。治安上、また身分秩序の上からも、一般の民衆や臣下と礼拝を共にすることは好ましくないからだ。

重厚な木の扉を押し開いたフローランは、祝宴の喧騒も届かないそこに、広い肩幅を闇に沈めるように佇《たたず》んでいるガスパールを見つけた。

手を組んで祈る姿勢の傍らには、覚束《おぼつか》ない光を放つ蠟燭が一本、灯っている。

「……兄上……」

ただひとりで神と対峙《たいじ》するかのような峻厳《しゅんげん》な兄の姿に、フローランは言葉を失う。

「――フローランか」

ガスパールは振り向きもせずに言った。「大公殿下」などとよそよそしく呼びかけられなかったことに、とりあえずは安堵する。

人前でさえなければ、兄と弟として接してくれる気はあるようだ――。

「すまなかったな」

兄の沈んだ声が、石壁に響く。

「俺のためにそなたが開いてくれた宴を、気まずい空気にしてしまった」

フローランは首を振り、金糸の髪を揺らせた。

「そのような――わたくしの客あしらいが至らなかっただけでございます。逆に、わたくしのほうこそ、兄上のための祝宴をうまく切り回せずに……」

「どうしても、我慢できなかったのだ」

ガスパールの声は、自嘲気味だ。

「ドワイヤンの者の振る舞いは、まだしも耐え忍ばねばならぬことかもしれぬ。だが臣下でありながら、己が主君を他国に売るとは――主従の節義以前に、人としてあまりにも卑劣ではないか……！」

激情に震えるガスパールの声に、フローランは身を竦める。

「申し訳ございませぬ……」

「――なぜそなたが謝る」

「なぜと申して……臣下をうまく使いこなせぬは、主君の失態にございます。わたくしに器量が足りぬばかりに、兄上にもご迷惑を……」

「何を言うのだ」

ガスパールはもどかしげに体を動かし、フローランのほうを向く。

「そなたはよくやっている。その若さで君主となっても人に驕《おご》らず、大国に挟まれたこの難しい国を背負って、倦《う》まず腐らず、投げ出さず……そなたに足りぬのは自信だけだ。今少し堂々と振る舞えば、臣下どもや隣国の従兄殿に舐められることもなくなろう。そなたは辛抱強い立派な君主だ。胸を張れ」

「は、はい……」

そう言われても、なおどこか萎縮《いしゅく》している異母弟を見て、ガスパールは苦笑した。

「それに引き替え、どうも俺は、少々堪忍袋《かんにんぶくろ》の緒が弱いようだ。聖地の騎士、などと呼ばれながら、修行の足りぬことだな」

ふう……とため息をつく。フローランはその寂しげな様子が耐えられず、兄のそばに駆け寄った。

「何を仰《おお》せられますか。兄上はご立派にございます。亡き父上も、自分には過ぎた息子だと、常々言っておられました。本来なれば、このサン＝イスマエルの国主の地位も、兄上の――」

「フローラン」

だがガスパールはフローランの慰めなど、ひと欠片も受け入れぬ様子でうなだれ、呟くように漏らした。

「そなたは俺のことなど何も知らぬ――知らぬゆえに、そのように言えるのだ」

「兄上……」

フローランは困惑した。どうしたというのだろう。この傷つきようは。元々寡黙で、あまり明朗快活とは言えぬ気性であったが、こんなにも取りつく島もない物言いをする人ではなかった。フローランに対して、こんなにも突き放した言い方をする人ではなかった……。

「東方の戦場は……かなりひどかったのですか？」

あるいは戦場で、心に傷を負うような目に遭《あ》ったのか――と案じるフローランに、ガスパールは短く告げる。

「バリエが死んだ」

「バリエ――？　あの、兄上の従者だった、老騎士でございますか？」

枯れ木のような痩身《そうしん》ながら、堂々たる物腰だった古強者《ふるつわもの》の姿を思い出しながらフローランが尋ねると、ガスパールは重々しく頷いた。

「そうだ、このガスパールを幼児の頃から騎士として教え導いてくれた『じい』のバリエだ。戦場で、俺を庇《かば》って、敵の槍《やり》を頭に受けて……その日の夜に息を引き取った」

「そうだったのでございますか……」

西方大陸の慣習では、臣下の臣下は主君の臣下ではない。つまりガスパールはフローランの臣下だが、そのガスパールの従者であるバリエは、フローランとは主従関係にはないのだ。そのため、戦死したとしても、公式報告がフローランのもとにまで上がってくることはない。

ただ、ガスパールのいわば養育係であったバリエは、フローランにとっても感情的に他人ではない。死んだと、しかもガスパールを庇ってての戦死だと聞けば、内々に追悼式《ついとうしき》くらいは執《と》り行ったであろうに――。

兄がかつりと床石を踵《かかと》で打ち、祈禱席の上で姿勢を正した。

「フローラン――そなたに頼みたいことがある」

「はい」

「……バリエには、両親を早くに失った孫娘がいるのだ」

今年十四ばかりになるその娘は、祖父の出征中、親類の世話を受けながら健気《けなげ》に留守を守っていたが、祖父の戦死によって完全に庇護《ひごしゃ》者を失ってしまった。十四と言えばそろそろ結婚相手を探し始めるべき年頃であるが、後ろ盾となる係累《けいるい》のない娘に良縁を望むのは難しい。またガスパールにしても、師であり命の恩人でもある老騎士の大切な孫娘だ。臣下の家族の保護は主君の義務でもある。早々につまらぬ男のもとに片づけてしまいたくない。

「このニナという娘を、侍女として雇用してやってはもらえないだろうか。バリエがそこそこの財産を残しているゆえ、持参金には不自由せぬそうだが、城勤めをさせて行儀作法を仕込めば、さらに良縁も望みやすくなろう。それに大公殿下の後ろ盾があるとなれば、天涯孤独の身であっても、嫁ぎ先で粗略に扱われることはあるまい」

それればかりがずっと心に懸かっていたのだ、と言いたげに、ガスパールは真摯《しんし》な口調で頼んでくる。

フローランは深く頷き、承知した。

「それは無論――兄上の御頼みとあらば明日にでもその娘を召しましょう。ですが兄上、そのように気に懸かる娘であれば、むしろ兄上の御屋敷で直接召し抱えて、近しく見守ってやれば良いのではございませぬか？　城勤めでも、貴族の館でも、貴人に仕えた経歴さえあれば、どちらであっても良縁は――」

「フローラン」

ガスパールが首を振る。

「俺には、ニナに会わせる顔がないのだ」

「兄上……」

「バリエは二年前、俺が教皇猊下の徴募に応じて東方へ行きたいと言い出した時、強く反対したのだ。聖地奪還のための聖戦などとは名ばかり。実態はただの強盗団でございまする、と言ってな――」

バリエには数十年前、前回の東方遠征に参加した経験があったのだ。だが老練そのものの騎士にとって、それはよほど苦い記憶であったらしく、栄誉ある「聖地の騎士」の称号を、彼はついに生涯名乗らぬままだった。

「実際、今回の遠征も、バリエが案じた通りになった――各諸侯からの寄せ集めの騎士団など、我こそはと功を競うばかりで、軍隊として統制など取れるはずもない。どころか、糧食すらも行き渡らず、敵国ではない征路上の城や街を略奪して回る有様で……俺は自分の部下が略奪や強姦を働かぬよう、統制するのが精一杯だった」

兄の表情の険しさに、フローランは慰めの言葉を失う。よほどひどい光景を目にしてきたのだろう。その彫りの深い浅黒い顔には、苦すぎる表情が浮かんでいる。

「バリエは遠征参加を強行した俺に、内心、言いたいことの百万遍もあっただろうに、遠征中は文句ひとつ言わず俺に従い、共に難題に向き合い、敵と戦ってくれた……。その挙げ句の、苦しみ抜いての死だ。俺が遠征に参加したいなどと──聖地へ征《ゆ》きたいなどと言わねば、今頃は孫娘の縁談を気に懸けつつも、楽隠居を楽しんでいただろう。俺はバリエを……ニナの祖父を、己れの我儘《わがまま》の犠牲《ぎせい》にしてしまったのだ。今さら……どの面《つら》下げて身の上の世話などできようか」

「兄上」

思わず兄の肩に触れたフローランの手に、「ぐ……」と呻《うな》る兄の、滾《たぎ》るような慟哭《どうこく》が伝わってくる。

「何が聖地の騎士だ。何が栄誉だ──！　俺はただの愚か者だ。どこへ行こうと、己れから逃れる術《すべ》などあるはずがない。そんなことすらわからずに、バリエを死地に──！」

「兄上！」

フローランはたまらず、兄の硬く張りつめた肩に抱きついた。

「おやめ下さい！　兄上は騎士の中の騎士にございます。このフローランの誇りにございます！」

「……っ」

「それにバリエとて、臣下の義務から嫌々出征したのではございますまい。兄上のために戦い、兄上のために死すことを己れの名誉と考えたればこそ、あの老体で遠き東方まで付き従ったのでございます。バリエは騎士としての務めを立派に果たして死んでいったのです。兄上がなすべきは、己れを責めることではなく、見事な一生を送った老騎士の魂を、安らかに眠らせてやることではございませぬか──？」

「……フローラン……」

息を呑むように絶句した兄が、涙を滲ませた目でフローランを見つめてくる。

ああやっとわたしを見てくれた、と悦びを覚えたフローランは、兄の前に跪《ひざまず》き、その無骨な手に己れの手を重ねた。

ガスパールの手が、びくりと慄くように震える。石のように硬くなるその手を、フローランは優しく撫でた。

「ニナという娘のことは、確かにこのフローランがお引き受けいたします。ですから兄上は、どうかあまり思い詰められずに——しばらくは遠征の疲れを癒《い》やすことに専念して下さいませ」

……ね？ と小首を傾げるフローランを、ガスパールはじっと見つめてきた。文字通り、穴が開くほどの凝視《ぎょうし》だ。

どくり、とフローランの心臓が跳ねる。

——な、何だろう。この異様な眼光は。まるで草陰から仔羊を狙《ねら》う狼のような目だ。飢えて、涎《よだれ》を垂らし、獲物の肉に嚙みついた瞬間の血の味を想像しては呻り声を上げている、凶暴な獣の目だ……。

「あに……うえ……？」

「フローラン」

石のように硬直していた兄の手が、フローランの手を摑みしめる。その熱さ——まるで炎のようだ。

「そなた、俺が——本当は亡き父上の子ではないかもしれぬ、という噂を、聞いたことがあるか……？」

唐突な問いに、フローランは戸惑《とまど》い、「えっ」と目を瞠る。

「明らかに東方系の黒髪黒瞳、とび色の肌のバルビエール伯爵は、とてもとても、ブラウンの髪と瞳であられたオーベール三世の子とは思えぬ——と、聞いたことがあろう」

重ねて問われ、「はい、あの、でも……」と言葉を濁《にご》す。

「確かに、耳にしたことだけは……ですが、そのようなこと、あろうはずが――」

「フローラン。俺の母は、ドワイヤンの横槍で大公妃の地位を追われた屈辱と悲しみのあまり、発狂し、死ぬまで隔離されていた――ということになっているが」

フローランの手を摑む力が、ぐっと強くなる。

「それは表向きのことだ。本当は、俺の母は――死に至るまで正気だったのだ」

「――えっ……？」

フローランの碧玉の瞳を、ガスパールは直視しつつ続ける。

「父上が俺の母を隔離されたのは、母が――自分をドワイヤンの圧力から守ってくれなかった夫への怨みから、見境もなく、次から次へ間男《まおとこ》を作るようになったからなのだ。上は既婚の貴族から、下はどこの誰とも知れぬ行きずりの旅芸人まで、毎夜のように寝台に誘ってな……」

凄まじい話に、フローランはごくりと固唾を飲んだ。ガスパールの母は、カテル大公家と同格に近い某名門出身の貴婦人で、どちらかといえば慎ましい気性の女性であったと聞く。それが、手当たり次第に男に肌を許す淫婦と化したとは、何という――。

「……いや、そのことはいい。すべては過ぎ去ったことだ。だが、問題は――」

ボウッ、と灯火が揺れる。

「問題は、母が、婚姻無効宣告によって大公妃の地位から追われる前からすでに、そういう状態だった、ということだ」

「――ッ……」

フローランは驚き、絶句した。その顔を見つつ、ガスパールは淡々と続ける。

「母は繊細で誇り高い気性の持ち主であったゆえ、自分が大公妃の地位を追われる、と予感しただけで、心が壊れてしまったらしい。いや、地位身分のこと以上に、母にとって真に耐えがたかったのは、夫を他の女に奪われることだったのだ。乱行に走ったのも、本当は色に狂ったからではなく、父上の――夫の心を自分に引き戻そうと企んでのことだったようだ。妻が他の男に肌を許したと聞いた夫が、嫉妬心を刺激され、遮二無二《しゃにむに》妻を取り戻そうとしてくれることを期待してな……」

フローランは言葉を失った。それが本当ならば、何と痛ましいことだろう。政《まつりごと》の大きな圧力の前に、ガスパールの母は、女ひとり、捨て身の抵抗を試みたのだ。

「御母君は、それほど父上を愛しておられたのですね――兄上」

悼《いた》みを込めて述べたフローランに、ガスパールはいわく言いがたい微笑を浮かべた。

「……かもしれぬが、やはりそれはあまりに愚かな行為だった。結局、父上はサン＝イスマエルの名誉のために、母を幽閉せざるを得ず――母は最後まで、何ひとつ奪われたものを取り戻すことも叶わず、怨みを飲んで死んでいった。とても夫の子とは思えぬ浅黒い肌と、黒い髪黒い瞳の子供をひとり、怨みの結晶のように、この世に残してな……」

つまりガスパールの母がガスパールを身ごもった時期、すでに男漁《あさ》りの乱行が始まっていたのか、それともまだその体に手を触れたのは夫だけだったのか、今となっては前後関係がはっきりしない、ということが問題なのだ。前大公も、おそらく判断つきかねたに違いない。はっきりと自分の子ではないとわかるのならば、縁なき私生児として打ち捨てれば良いだけだ。将来の禍根《かこん》をも覚悟で実子として認知したのは、やはり夫としてそれなりに身に覚えがあったからだろう。それに——。

「ですが兄上。元々、兄上の母君は、東方貴族の血を引く、異国情緒《じょうちょ》あふれる黒髪の美女であったと聞き及びます。いわゆる先祖がえりで、兄上の御容貌に東の血がより濃く現れたとしても、おかしくないのではございませぬか？」

そうであって欲しい、という願いを込めて、フローランは告げた。ガスパールとフローランは母の違う半血兄弟だ。しかし父も違うとなれば、ふたりの間にはまったく血縁関係が存在しないことになる。自分と、この兄とが赤の他人——などと、フローランは想像したくもなかった。

「それに、もし兄上が父上の御子ではないとしても、今となっては血の正当不当など、意味のないことにございます。父上は兄上を実子として西方教会に届けられました。である以上、わたくしと兄上は神の御前に定められた、紛れもなき兄弟……それでいいではございませぬか」

慰めるように微笑しながら、フローランはガスパールの手を持ち上げた。その無骨な手を、きゅっ、と握りしめ、押し戴くようにして、唇で触れる。

「フローラン……」

上位者への敬愛を示す接吻に、ガスパールが狼狽《ろうばい》したように身じろぐ。この謹厳な兄のことだ、「そなたは俺の主君なのだぞ」と叱責されるかもしれぬ、と思ったフローランは、先手を打つように、その手の甲に自らの頬を擦りつけた。

「……ッ！」

ぴくり、と動いた太い指が、怯《おび》えたように震える。

「兄上……」

その仕草に、フローランは胸が温かくなった。

「たとえ真実がどうあろうと、フローランはこの世の誰よりも、兄上をお慕い申し上げております……それではいけませぬか？」

甘く柔らかな声に、ガスパールはだが、目を閉じ、何かを諦《あきら》めるような吐息を漏らした。

「……そうだ、何の問題もない——庶子としての相続や、そなたの兄としての一族中の地位や——貴族としての身分に関してはな」

「兄上？　…………あっ」

体勢を崩したのは、突然、強く抱き寄せられたからだ。驚いて見上げた目の前に、兄の顔が迫る。

「……っ？　ん、ん、……？」

兄の接吻は、広間での臣従礼の時と同じほど——いや、はるかに深く熱かった。すべてを覆い尽くし、斜めに嚙み合わせ、唇の門をこじ開け、中の蜜を啜《すす》られて、ぴちゃり……と水音が立つ。

「ん……ん……」

あまりのことに、フローランは茫然とするばかりだ。自分が接吻されている、とろくに意識もせぬうちに、兄の膝の上に引きずり上げられる。

ようやく唇が離された時には、フローランは初夜の床《とこ》に横たえられる花嫁のように、その鉄腕に身を委《ゆだ》ね、仰のかされていた。

男の無骨な指が、愛しさそのものの仕草で、フローランの髪を梳《す》き、絡め取る。

「美しい――」

混乱のめまいの中に聞こえてくる、惑溺《わくでき》の声。

「まるで蜜の滝のようだ。蠟燭一本の光にすら、これほど燦然と輝いて……」

「あ……あに、うえ……？」

「フローラン……俺は……」

顔の上の兄の目いっぱいに、涙が浮いている。

「俺は、そなたが欲しい――。そなたと、血の縁《えにし》ではなく、この肉でもって結ばれたいのだ。そなたの肉の狭間に分け入り、己れの精を孕《はら》ませたいのだ――」

「――ッ……！」

身も蓋《ふた》もなく露骨な吐露に、フローランは凍りつく。

それは、様々な男――たとえば従兄のウスターシュ――の口から、幾度も聞かされた言葉だった。そなたをものにしたい。そなたを抱きたい。寝台を共にしたい――。その度に身が総毛立《そうけだ》つ思いをしてきたその言葉を、この兄までが口にしたのだ。

信じたくない思いで、フローランはぶるぶると首を振る。

「兄上――！」

だが、フローランが「そのような戯言《ざれごと》、信じませぬ」と口走るその前に、「いっそ……！」と、男らしく厚い唇が喚《わめ》く。

「いっそはっきりと、確かにそなたの兄であるとわかっていれば、俺とてこんな気持ちは抱かなかった！　はっきりと、そなたの兄ではないとわかっていれば、堂々と、そなたを求められた！」

「兄上っ？」

「ところがどうだ。父上も母もこの世にない今、もはや真実を確かめるすべはない。そなたを欲しくてたまらぬこの気持ちが邪恋か否《いな》かすら、確かめることはもう、未来永劫《えいごう》できぬ……！　できぬのだ……！」

兄の硬い手が、震えながらフローランの頰を撫でる。愛しげに、それでいてどこか、兇暴なほどの渇望を感じさせる仕草に、背筋に冷たいものが走った。兄の理性は今、半ば水に沈みかけた薄氷の上に乗っているのだ……。

「ただひとつ確かなのは……父上が俺を実子であると届け出られた以上、神と教会法の名に於て、俺とそなたは兄弟として扱われる——ということだ。俺がそなたを抱けば、血筋の真実がどちらであれ、それは紛れもなく近親相姦——死を免れぬ重罪となるということだ……！」

フローランは呼吸すら忘れ、兄の顔を見つめ返した。「フローラン……」と真剣そのもののような呟きを漏らす兄の、その漆黒の瞳の奥に、渇望の涎を垂らす獣のような光を見て、体が凍りつく。

近親相姦は、死罪。それも神の教えに背《そむ》いた者を葬《ほうむ》り、この世を清めるという意味で、生きたまま火刑に処されるのが掟だ。たとえ一方的に犯された関係でも、体を重ねたという事実が重要視され、一切情状酌量《しゃくりょう》はされない。

火刑が行われる光景を、フローランは幾度か見たことがある——罪人の処刑を見届けるのは、君主の務めだからだ――が、まこと筆舌に尽くしがたい無残さだった。生きながら火に炙られる罪人の泣き喚く声は、何年経っても耳の底にこびりつき、消えも離れもしない。

その運命が、今度はフローランに降りかかるかもしれぬのだ。もしガスパールが、このままフローランを犯せば……。

「っ、あ、兄上っ――！」

フローランは兄の膝の上で暴れ、その腕から転げ出るように逃れた。もしガスパールが本気で逃すまいとしていれば、おそらく非力で痩身のフローランには、逃れるすべはなかっただろう。だがガスパールは、当然覚悟していたとでも言うように、ただ両手を茫然と開いて、異母弟が逃れるに任せた。ばたり――と、フローランの体が床に転げ落ちる。そのまま、「ひ……」と呻きつつ、いざるように兄から遠ざかる。

「――っ、くっ……ふ、ふふふふふ……」

茫然自失の顔のまま、肩を揺すって笑い始める兄を、フローランは石床に転がったまま見上げた。狂った――という恐怖が、瞬間、頭をよぎる。だが次に兄が漏らした言葉は、自嘲のそれだった。

「そうだ、それでいい――フローラン、そなたはこの兄を忌み嫌うべきだ」

「兄上……」

「俺は業の深い男だ――。無邪気に俺を兄と慕うそなたを捕らえ、引き裂いて、思うさま玩《もてあそ》ぶ夢を幾度も見た――。血縁の有無など関係なく、いかぬと定められたものはいかぬときっぱり諦めるべきであるものを、大罪だと知りながら、そなたを欲しがることをやめられなかった……！」

くつくつ、と狂気を感じさせる笑い声が、祈禱室に響く。

「挙げ句に、そなたから遠く離れ、聖地の空気に触れれば少しは邪《よこしま》な思いも忘れられようかと参加した東方遠征でも、人の世の醜《みにく》さばかりを見て――却《かえ》って、そなたの潔さ、心根の美しさが、恋しくなるばかりだったのだ。フローラン……我が主君《モン・セニュール》……我が弟よ……！」

兄は両手で己れの顔を覆った。その慄き、その震えように、フローランは一瞬、兄が憤死《ふんし》するのではないかと危ぶんだ。次の瞬間――。

「神よ、いっそ俺を殺してくれ！　どうにもならぬのだ！　俺はフローランを愛している――！　愛している――！」

その慟哭は、祈禱室の石壁いっぱいに響き渡り、わんわんと残響を広げ――消えた。

闇の中に落ちる、重々しい沈黙。蠟燭の火が音を立てて揺れる。

「――逃げろ、フローラン」

兄は絞り出すように呻る。まるで体内で暴れ回る怪物と、必死に戦っているかのように。

「早く逃げろ！　俺の理性が切れたら、すべては終わりだ――！　今すぐこの場で、裸に剝かれて尻を犯されたいか！」

「……っ」

フローランは悲鳴を上げたがる己れの口を、両掌《りょうて》で塞いだ。臣下たちに異変を察知されるわけにはいかない。実の兄に犯されかけたなどと知られたら、自分も、ガスパールも、サン＝イスマエルの名誉も終わりだ。

よろよろと立ち上がり、祈禱室の扉を押し開け、廊下にまろび出る。そして、固く扉を閉ざそうとして――手が止まった。

闇の中で、ただ一人、己れの罪業に苦しみ立ち尽くす兄の姿がそこにあった。

(兄上――！)

ざくり、と、心臓が斬られるような痛みが走る。と同時に、言いようのない罪悪感が湧き上がった。

(この扉を閉ざしたら)

フローランは逡巡《しゅんじゅん》する。

(わたしは――この兄を、見捨てることになるのだ……)

この孤独な人を――。ひとりぼっちの寂しい男を――。

「あにう……」

思わず室内に駆け入りかけ、だが寸前で、フローランは踏みとどまった。

(――何を血迷っているのだ、わたしは。兄上のもとに戻るのは、すなわち、この身を差し出す、ということなのだぞ。実の兄に、抱かれる……ということなのだぞ……！)

お前に、その覚悟があるのか。生きながら火に炙られる覚悟ができるのか。この兄のために、そこまでできるのか――。

自問自答する。どくどくと心臓が高鳴る。嫌な汗が噴《ふ》き出る。

散々に逡巡し、だがフローランはついに、ごとりと扉を閉ざし、震える足を踏みしめて、祈禱室から遠ざかった。

（お許し下さい、兄上――！）

宴の夜が、果てようとしていた――。


付添人と共にブランシュ城にやってきたニナは、愛らしい赤毛娘だった。最初は緊張していたものの、引見したフローランが「励むのだよ」と優しく声を掛けると、途端に「きゃあ」と感激の声を上げ、「大公殿下のために精一杯働きます！」と元気よく宣言し、フローランが面食らうほど勢いよくスカートを広げて一礼した。

「まずは礼儀作法の基礎からでございますわねぇ」

立ち会った女官長も苦笑気味だ。フローランは娘が退室して行った扉を見つつ、同じ表情で頷いた。

「兄上からの大切な預かり物だ。丁寧に仕込んでやっておくれ」

フローランは微笑しつつ女官長に命じた。洗練には程遠い純朴な娘だが、性根は真っ直ぐで性格も明るいし、おそらくさほど労せずに嗜《たしな》みを身につけ、いずれ良き伴侶《はんりょ》に恵まれるだろう。それまでは悪い虫がつかぬように目を光らせておかねば――などと、まるで父親のようなことを考えて、フローランはふっと暗い気分に閉ざされた。悪い虫どころではない凶悪な猛獣に嚙みつかれた我が身を、つい顧《かえり》みてしまったのだ。執務時間中は、思い出すまいとしているのに。

――俺は、そなたが欲しい――。そなたと、血の縁《えにし》ではなく、この肉でもって結ばれたいのだ……。

（兄上……）

フローランは女官長が飲み物を準備するために退室したのを幸い、羽ペンを手にしたまま肘を突き、唇を噛みしめた。何と怖ろしい叫びだったことか。半血とはいえ真実兄弟であるこの身を抱きたい――とは……文字通り、神をも畏れぬ――。

(だが兄上のことだ。間違っても酔いに任せた戯言でも、わたしをからかったのでもあるまい。本気なのだ。本気で、兄上はわたしを欲しておられるのだ。あの遮二無二食らいつき、牙を立てるような激しさで――)

ぞくり、とする。

胸をよぎる苦い思いは、だが邪な想いを向けられたことへの嫌悪や怒りではなく、ほとんどが後悔――あるいは自己嫌悪だ。

(わたしは――兄上というお方を、何も理解していなかったのだ……)

フローランが知る限り、ガスパール・オクタヴィアンは誰よりも優しい男だった。複雑な境遇に生まれ育ちながら、人を羨んだり世を拗《す》ねたりすることもなく、ひたすら大公家の騎士として忠節を尽くし、部下を労《いたわ》り、その死を悔やんで涙を流す男だった。何かと因縁のある異母弟のフローランに対しても、母の代からの怨みつらみを見せたことは一度もない。

その「できた男」が――騎士の中の騎士というべき男が、あれほどの歪みと苦しみを持っていたとは……。

(きっと、本当に長い間、身も捩《よじ》れるほどに苦しんできたのだ。誰に打ち明けることも、相談することもできずに――)

兄上はわたくしの誇り、などと、何も知らずに囀《さえず》っていた自分に腹が立つ。まるでフローランのことを逃げ出すように東方遠征に参加したのも、今思えば無理もないことだ――。

「……お可哀想な兄上……」

フローランはぽつりと呟く。人柄も能力も自分より数段上の兄に対して、「お可哀想」は不遜《ふそん》かもしれぬが、そうとしか言いようがない。だって、そうではないか。

「欲した相手が、血を分けた弟かそうでないか――手を触れてはならぬ相手かどうかすらも、しかとわからぬなど――残酷すぎる……」

フローラン自身は、ガスパールの出生にまつわる醜聞など、信じたことは一度もない。亡父のオーベール三世がそうだったからだ。のみならず父はガスパールを、継嗣《けいし》の兄、フローランの庇護者として大層頼りにしていた。フローランが十歳の時、十五歳になっていた兄をこのブランシュ城に呼び寄せたのも、何よりもまずフローランに頼りになる身内を与えてやりたいという理由からだった。

……目を閉じれば、今も鮮明に思い出せる。あの日、城を囲む掘割にかかる跳ね橋が、鎖を鳴らしながら降りて行った音。ごとん、と重々しい音を立てて地表に降りた橋板の上を、ひとりの若き騎士を乗せた栗毛馬がカツカツとたくましく駆けて来る。その翻《ひるがえ》るマント。光る鎧を、十歳のフローランは父に手を引かれながら、胸を高鳴らせて見つめていた――。

フローランはその頃、ひどく病弱で、蠟のように青白い顔をした子供だった。ドワイヤンから嫁いできた母はその前年、若くして胸を病んで急死しており、その病魔が繊弱な息子にも取り憑《つ》くのではないか――と案じた父が、ガスパールにフローランを託すことを思いついたのだ。健康でたくましい兄弟が身近にいて遊び相手となれば、あるいはフローランの体も少しは鍛えられるのではないか——というのが、父の期待するところだった。

ガスパールは父の前でひらりと下馬し、臣下としての跪礼《きれい》をした。その鎧をまとった体のたくましさに、フローランは父の傍らで目を瞠った。

『挨拶をおし、フローラン。この子はお前のお兄様なのだよ』

『……っ』

思わず父の長衣《トーガ》のうしろに隠れたのは、すでに一人前の騎士として認められ、伯爵位を与えられることも決まっていた異母兄が、病弱児の目には見上げるほどにたくましく、力強く見えたからだ。乱暴なことをされたらどうしよう……と怯えるフローランに、ガスパールは『怖がらなくていい』と優しく呼びかけてきた。西方大陸では珍しい、漆黒の艶のある瞳が、思いがけず柔らかい光を宿して、フローランを見つめていた。

『怖がらなくていい、フローラン——そなたのことは父上からよくお聞きしていた。こうして会える日を楽しみにしていたのだぞ。顔を見せておくれ、ほら』

『……っ、ひ、く……』

『……なぜ泣くのだ？　俺はそんなに怖い顔をしているか？』

兄は傷ついた顔をした。それはそうだろう。子供にあからさまに警戒され、泣かれて、喜ぶ者などどこにいよう。

『フローラン、フローラン、こら、逃げるな』

初対面の兄弟は滑稽《こっけい》なことに、しばらく父の体を間に互いに追いつ追われつ、くるくると回り合っていたが、兄が投げかけた言葉が、フローランの逃げ足をぴたりと止めた。

『美しい髪だ』

……そうだ、兄はあの時もそう言ったのだ――。

『まるで蜜の糸のようだ。それにその碧《あお》い瞳――。大人になり、体が丈夫になれば、誰もがそなたの美しさに夢中になろうな』

兄は真摯に褒《ほ》めた。その声に、フローランはおずおずと父の陰から顔を出し、呼びかけた。

『あ、あに……うえ……？』

『そうだ、俺はそなたの兄だ。名前はガスパール』

兄はそう言って、フローランの手を取った。触れた一瞬、おやと驚いた顔をしたのは、その手が子供のものにしてはひどく冷たかったからだろう。

――また、気味の悪い子供って思われた……。

なんと青白い、ひ弱そうな子だ。とても大人になるまで育ち上がりそうにないな、可哀想に――と言いたげな大人の顔を見慣れていたフローランは、きゅっと身を縮める。

だが兄は、そのフローランの手に、恭《うやうや》しく接吻したのだ。それは騎士が主君に、あるいは敬愛する貴婦人に忠誠を示す時の仕草だった。

『我が主君《モン・セニュール》――フローラン』

すでに声変わりを済ませた低音が、厳《おごそ》かに告げる。

『このガスパールは、今日より貴方様の臣下にございります。何なりとご命令下さいますよう――』

『ご……ごめいれい？』

フローランは戸惑い、傍らの父の顔を見上げた。兄たる人に命令など、してよいのだろうか。そう問う次子の碧玉の目に、父は苦笑いして答えた。

『命令ではなく、お願いしてみるがよい、フローラン。ガスパールはそなたが行きたいところならばどこへでも連れて行ってくれるし、そなたが危ない目に遭わぬよう、守ってもくれる。そなたもそろそろ、城から離れた場所へ出かけねばならぬ年頃ゆえな』

亡母がひどく神経質な女性だったこともあって、フローランはそれまでほとんど城から外へ出たことがなかった。たまに野遊びに出る時も、女官が幾人もついて摘《つ》み花ひとつにすら毒草ではないかと目を光らせる有様だ。父は世継ぎである息子が、深窓の姫君のようにひ弱に育てられていくのが、ずっと気がかりであったらしい。男児の十歳と言えば、そろそろ狩りのひとつも覚えねばならぬ年頃だったから――。

『……で、では……馬に……あの馬に乗せて下さいますか？　あに……あに、うえ』

『喜んで』

ガスパールは彫りの深い顔に、慎ましいが会心の笑みを浮かべる。フローランも嬉しくなり、ようやくにこりと笑うことができた。

その日から、ガスパールはほとんど毎日、フローランの遊び相手になってくれた。愛馬の鞍《くら》の前にフローランを乗せて野を駆け、フローランの供をして街を歩き、野で苺《いちご》を摘み、森で兎《うさぎ》を狩り、川で魚を釣り、その場で火を熾《おこ》して焼いて食べる方法を教えてもらった。すこし体力がついてからは、ふたりで湖の対岸まで泳いだこともある。怪我をして血が出た時はあの薬草が、腹痛を起こした時はこの木の根が効く、と教えてくれたのも兄なら、剣術や弓矢の使い方の基礎を教えてくれたのも兄だ。

そうこうするうち、来年の誕生日まで命があるだろうかと危ぶまれた病弱児は、野山の風に揉《も》まれてまずまずの健康体となり、無事に成人の日を迎えることができた――。

『フローラン……そなたはゆめゆめ、ガスパールを粗略に扱ってはならぬぞ』

父はフローランに、何度もそう言い含めたものだ。

『政治的な事情が降って湧かねば、この国の君主の座はガスパールのものとなるはずだった。あれは謙虚な人柄ゆえ、無分別に不満を述べるようなことはせぬが、内心どう思っておるかはまた別の話だ。そなたが兄を邪魔者として扱えば、あるいは心の奥底に眠っていた不満の種が芽を吹かぬとも限らぬ。そうなれば、そなたと兄の間隙《かんげき》に付け込む輩が現われ、この小国は四五分裂し、存亡の危機にさらされることとなろう。わかるな？』

『はい、父上』

『うむ。あれの境遇は、この父の不徳の致すところで、そなたに罪があるわけではない。しかしそなたの次期大公としての地位は、ガスパールとその母の犠牲の上に成り立っていることもまた確か……そなたは、そのことを忘れてはならぬ。大公の地位を継いだ後も、バルビエール伯爵を兄として立て、敬《うやま》い、常にあれの心が満たされているように、気を配ってやるのだぞ』

フローランは父に一礼して答えた。

『はい、父上――。むしろわたくしのほうこそ、兄上を頼みにせねばならぬ非力の身にございますゆえ、間違っても兄上に憂《う》き目をお見せするようなことはいたしませぬ。ご案じなきよう……』

『うむ』

父はフローランの答えに、満足したように頷いた。幾度か、そんなやりとりをした記憶がある。

「常に兄上の心が満たされているように、気を配ってやれ……とは、父上……」

フローランはため息をつく。今思えば皮肉な言葉だ。それに従うならば、自分はあの兄に――ガスパール・オクタヴィアンに我が身を与えねばならなくなるではないか。

――俺は、そなたが欲しい――。そなたと、血ではなく、この肉でもって結ばれたいのだ……。

「あんまりです、兄上……！」

フローランは震える体を己れの腕で抱きながら、ここにきて初めて、兄を怨めしいと思った。

「どうして、よりによって、こんな――これぱかりは叶えて差し上げられないものを望まれるのですか。どうして……」

その時、執務室の扉が、丁重にノックされた。フローランはとっさに、君主としての顔を作る。

「お入り」

飲み物を持って戻ってきた女官長だろう。

そう思って入室を許可したフローランの前に現れたのは、しかし、白地に赤い一角獣を染め抜いたマントで旅支度を整えた、口髭の従兄――ウスターシュだった。

「ウスターシュ殿」

「いけませんな、従弟殿」

ウスターシュは腰に手を当て、呆れたようなそぶりでふんぞり返る。

「隣国からの来賓の出立《しゅったつ》を、見送りにも出て下さらぬとは」

「あ……」

フローランは言葉を失った。しまった。確かに朝方、従者から今日はこの従兄が帰国する日ゆえ、昼前には跳ね橋の前にお降り下さいませ、と伝えられていたのに、ガスパールのことに気を取られていて、すっかり忘れていた——。

がたり、と音を立てて執務机から立ち上がり、礼を取る。

「も、申し訳ございませぬウスターシュ殿。とんだご無礼を——」

「……貴君がわしに冷たいのは、もう今さらだが」

ふーっ、とわざとらしいため息。

「男としてのわしを嫌いでも、ドワイヤン家の特使としてのわしに礼を尽くされぬのは、問題でございますぞ」

「どうかお許しを——」

「いいや、許せませぬな。……麗しのフローラン殿」

手《て》っ甲《こう》をつけた手が伸びてくる。その手に顎を捕らえられながら、フローランは執務机に押し付けられ、体の均衡を崩した。どたり、と音を立てて倒された上に、男の体が被さってくる。

「ウスターシュ殿！」

油断した、と思うと同時に、怒りが湧き上がる。フローランの従兄に対する雑さも褒められたものではないが、仮にも一国の君主をその執務室で押し倒すとは、いかにサン＝イスマエルとドワイヤンの国力に差があろうとも、非礼に過ぎる。

「いい加減、わしのものになりなされ。フローラン殿」

瘦身の抵抗を易々と封じて、中年の従兄は囁く。

「貴君の三臣下どもも言っておったであろう。あまり焦らしすぎると、男は凶暴になりますぞ。せいぜい、優しくしてもらえるうちに御身を開かれるがよい。さもなくば、貴国とドワイヤンとの友好関係に少なからず亀裂が入ることを覚悟なされよ」

「……ッ」

あまりにもあからさまな脅迫に、フローランの全身が総毛立つ。

「しっ……しかし卿は、ドワイヤン女侯爵の寝室に侍《はべ》られる身ではございませぬか」

気丈さを見せつつ、反撃する。このウスターシュは、すでに老婆に近い年齢の主君の「若いツバメ」でもあるのだ。近隣国の騎士貴族の間では、もはや公然の秘密である。

「隣国の従弟に手を出したと知れれば、かの女丈夫殿の逆鱗《げきりん》に触れましょうに」

「これは」

ウスターシュは苦笑した。

「フローラン殿も大人になられましたな。人の情事をネタに逆脅迫とは——しかし」

ふふん、と鼻を鳴らされる。

「まだお甘い。ドワイヤン女侯爵は――エロイーズは、寝台の上でもしたたかな古強者。若い愛人がよそで何をしておろうと、必要な時に勤めに励むのであれば構わぬ、という程度には、粋《いき》というものを心得ておられますするよ」

「……ッ！」

「それにかの女丈夫殿には、わし以外にもお気に入りが大勢おられる。おそらく今頃は、わしよりも若い騎士がお相手をしておりましょうな」

ドワイヤン女侯爵エロイーズは政治・軍事・商業の各分野に貪欲《どんよく》な意思と非凡な才能を持つ女傑で、先代カテル大公が妻を無理矢理離縁させられた件でもわかる通り、なかなかに辣腕《らつわん》家でもある。情事に関しても年甲斐もなく食欲旺盛だともっぱらの評判ではあったが、事実はさらにフローランの想像の上を行っていたようだ。

「それに、わしとてたまには若い柔肌に触れねば、女侯爵の年降りたお体に我慢が効かぬようになる。エロイーズはその辺のことを心得ておるゆえ、わしがサン＝イスマエルの従弟殿とどうこうなったとて、黙認して下さろうよ。むしろよくやったと褒めて下さるやもしれぬわ」

にた、と笑った唇が、口髭ごと重なってくる。思い切り舌を入れる気の仕草に、フローランの脳内で何かがぷつりと切れた。

「んー！　ん、んんんー！」

渾身の力で暴れる。執務机の上から、羊皮紙の書類が幾枚もばさばさと落ちた。ついには口の中に入ってきた男の気味の悪い舌を噛んでやろうと試みたが、顎を摑む手にそれを阻《はば》まれる。

その時だ。閉じた扉の向こうで、押し問答の声が聞こえた。「大公殿下にお飲み物を」と控え目ながら言い張るのは女官長だ。それに対し、「殿下は今、来賓殿とご歓談中だ」「さあ、行った行った」「たかだか侍女どもの頭が、政治の交渉事に嘴《くちばし》を挟むでないわ」と口々に追い払おうとしているのは、ヴィシウス・アンブロワーズ・ロランスの大中小三臣下である。「あっ」と女官長が声を上げたのは、何か乱暴なことをされたらしい。ウスターシュがフローランに無体を働く間、番犬よろしく、この部屋を封鎖するつもりなのだ——。

（売られた……）

フローランは絶望する。自分が人望に恵まれた主君だとは思っていなかったが、臣下の手で他国の男の手に引き渡されようとは、情けないにもほどがある……。

「フローラン」

女官長の気配が遠ざかった後、おもむろに唇を離したウスターシュが、くったりと力の抜けた従弟を敬称抜きで呼んだ。

「そなたが、欲しい——！」

ガスパールと同じ言葉を囁かれる。だが、違う。兄の声に滲んでいた切なさや希求の感情が、この男にはない。この男にあるのは、ただ肉の欲望だけだ——！

「汚らわしい！」

フローランは、組み敷かれながらも罵倒《ばとう》を返した。ウスターシュの顔色がさっと変わるが、もう機嫌を取る気になどなれない。

「手を離せ、このヒモ男！　将軍などとは名ばかり。鳴り物入りで参加した東方遠征からも、行軍のつらさが我慢できずに、早々に逃げ帰って来た軟弱者のくせに！」

それは諸国で嘲笑の種になっている噂だった。ウスターシュの顔色が朱泥と化したところを見ると、真実だったのだろう。

フローランはウスターシュの手っ甲で鎧《よろ》った手で、ぱーん！　と音高く頬を張られた。あまりの威力に、ふっと気が遠くなる。

「……わしを本気で怒らせたな」

憤怒《ふんぬ》の声が、遠くに聞こえる。

「許さぬ。許さぬぞフローラン！　穢れを知らぬ体ゆえ、せいぜい優しく可愛がってやろうと思っていたが、もう許さぬ！　わしの逸物を捩《ね》じ込んで、散々に……」

息巻く男の声に、ばあん、と扉が開く——否、吹き飛ばされる音が重なった。

巨大な黒豹が飛び込んで来たかと見えたのは、無論ガスパールだ。兄は弟の上に重なるウスターシュを引き剝がすと、躊躇もなくその体を石壁に叩きつけた。

「ぐわっ」

上がった声は、大きな蛙《かえる》を岩に叩きつけた時の断末魔とそっくりだ。ガスパールはそれでは満足せず、壁際にへたり込んだ男の胸倉を摑んで引きずり上げ、数発鉄拳を食らわした挙げ句、軍靴を履いた足で胴体にも蹴りを入れた。入れ続けた。

——そのすべての過程で、ガスパールはまったくの無表情だった。フローランは助けられた身ながら、思わずぞっとしたほどだ。

「兄上、兄上もうおやめ下さい！」

ようやく、ハッと正気に返り、兄の背に必死で取りつく。

「殺してしまう！　これ以上は殺してしまいまする！　その方はドワイヤンの重臣。殺《あや》めてしまってはサン＝イスマエルの安寧《あんねい》が……」

「国のことなど知ったことか！」

兄は振り向くなり、怪物のような大口を開き、聞いたこともないような大声で一喝した。

「サン＝イスマエルごとき小国が焼かれようと滅ぼされようと、俺の知ったことか！　俺にとって大切なのはそなただけだ。忠誠を誓うのもそなただけだ！　そのそなたが、なぜこのようなことを堪える！　もし、国のために我が身を犠牲に供しようなどと企むならば、俺はそなたも許さぬぞフローラン！」

その場が一瞬、シン……と凍りつく。

「あ、兄上……」

兇暴な兄の姿に、唖然《あぜん》とする。何ひとつ理性の効いていない顔つきは、まったくの別人のようだ。

見れば扉の向こうでは、ヴィシウス・アンブロワーズ・ロランスの三人が累々《るいるい》と倒れて呻き声を上げ、女官長が蒼白な顔で棒のように立っている。おそらく彼女が、異常を感じてガスパールに助けを求めたのであろう。しかしまさか人格優れたバルビエール伯爵がこうまで兇暴化しようとは、想像もしていなかったに違いない。

「兄上……ですが、わたくしはこの国を統治する義務を負って生まれてきた身でございます」

「……ッ」

「どうか理解して下さいませ。兄上と兄上の母君を犠牲にして得た大公位である以上、わたくしにはサン＝イスマエルのために奉仕する生き方しか許されぬのでございます」

「フローラン！」

「今、この力なき国がドワイヤンを敵に回すことはできませぬ。どうか、ウスターシュ殿にご寛恕《かんじょ》をお与え下さいませ、兄上……！」

理性が戻ったフローランは、必死だった。必死で、兄に取りすがり、自分を強姦しようとした従兄の身を守った。そうしなければ、この兄は本当に従兄を殺してしまう。正式な決闘以外で、他国の騎士を手に掛けた罪は存外重い。最悪の場合、ドワイヤンは兄の身命を要求してくるかもしれない。そしてフローランは、父が最初の妻を捨てざるを得なくなったように、それを拒否できないだろう。こんな卑劣な強姦魔のために兄が命を失うようなことになったら、目も当てられぬ――。

その目の色を覗《のぞ》き込むように目を瞠っていたガスパールは、やがて意識的に大きな呼吸をし、自身を落ち着かせた。「すまぬ……」と呟いたのは、ウスターシュではなくフローランに対してだったが。

「……女官長殿。フローランに何か温かい飲み物を。俺はこ奴らの手当てをする」

「は、はい」

「――騎士ならば立たれよ、ウスターシュ殿」

どうにか殺意を堪えているだけの、寸分の容赦もない声だ。

「それとも、征路途上の田舎町で生娘《きむすめ》を襲いかけ、農夫どもの集団に反撃された時のように、打ち身程度の傷を重傷と言いたてて顰蹙《ひんしゅく》を買われるか」

「……ぐっ」

東方遠征に参加していたガスパールは、さらに詳しい醜聞を色々と知っているようだ。ウスターシュは屈辱でもはや青黒くなった顔でよろよろと立ち上がり、半ばガスパールに小突かれるように、執務室から追い立てられて行った。三臣下は、ガスパールの部下と思《おぼ》しい騎士たちが、それぞれ引きずるように回収してゆく。

「大公殿下、まずはお座り下さいませ」

女官長がスカートを広げ、正式な作法で一礼する。

「その頰の御傷をお冷やしいたしましょう。それから、温めたワインをお持ちいたします」

「……ああ。お願いするよ」

へたり込むように椅子に掛けたフローランを、女官長は「ご立派でございました」と元気づけ、気丈に背筋を伸ばした姿勢で退室していった。

「……そうだといいのだけれど」

ひとりになった部屋で、ひっそりと苦笑した頰が、ぴりっ、と痛む。

(また、兄上に助けられてしまったな……)

情けないことだ、と自己嫌悪が湧き上がる。

――国のことなど知ったことか！

君主に忠誠を捧げるべき騎士がそう叫ぶことの重さを、フローランは思った。ましてガスパールは、庶子とはいえ、一国の国主の子だ。その身分高き身が、国家の安寧よりもひとりの人間の幸福のほうが大切だと、堂々言い切ったのだ。

——国のために我が身を犠牲に供しようなどと企むならば、俺はそなたも許さぬぞフローラン！

つくづくと。

(愛されている、のだな……)

じわじわと沁みる痛みは、頬の傷ではない。いったいこの世の誰が、この弱々しい非才の身にあれほどひたむきな愛と忠誠をくれるだろう。いったい誰がフローランを、国主や大公の肩書を抜きにして、あれほど愛してくれるだろう。あのウスターシュのように、誰も彼もが、この身を見栄えのいい人形としてしか欲しないというのに——。

(あ……)

フローランは、怖ろしいことに気づいてしまった。

(わたしは——兄上に迫られたことを、嫌悪していない……？)

茫然とする。

普通、ごく近い身内に性的興味を示されれば、まず湧き上がるのは生理的嫌悪だろう。先ほど、ウスターシュに襲われた時のように、「おぞましい」「吐き気がする」「裏切られた——」と感じるはずだ。

(それどころかわたしは……兄上に想われていることを、嬉しいと感じているではないか……)

血縁の兄に無体を働かれかけて、そんなことはあり得ない。普段からどんなに仲が良かろうとも――だ。

（そんな、では……）

金髪を揺らし、首を振る。

執務室に戻ってきた女官長は、その時、若き美貌の君主がひとりごちるのを聞いた。

「そんな……そんなはずがあるものか。わたしも兄上を……だなどと……」

意味のわからぬ言葉と、フローランの青白い顔に、女官長は首を傾げつつ、黙って持参した飲み物を執務机の上に置く。経験豊かな彼女は、賢明にも、主君の個人的な悩み事に興味を示すことはなかった。

フローランは兄ガスパールをひと月の間謹慎処分とした。他国からの賓客に手出しをして怪我を負わせた以上、無罪放免というわけにはいかなかったし、非がウスターシュにあり、ガスパールは主君を救おうとしたのだ――という点を考慮しても、ドワイヤンとサン＝イスマエルの国力差を埋めることはできなかったからだ。

君主として的確かつ公平無私な処置――と臣下たちは賞賛したが、本当は何よりフローラン自身に、当面兄と顔を合わせる勇気がなかったのだ。あれで直情径行なガスパールは、一度告白した恋心をなかったことにはせぬだろうし、フローランは先の一件で、すでに兄を拒否できない心情になっている。

今、もし一対一で向かい合うことにでもなれば、どんなおぞましい事態に陥《おちい》るか、想像するだに怖ろしい——。

「大公殿下？」

呼びかけられて、フローランはハッと正気に返る。

「お顔色が優れませぬな。気分がお悪いのでは？」

「あ、ああ……いや、すまぬ、大丈夫だ」

気がつけば、目の前の長卓に居並ぶ臣下たちが、揃ってフローランの顔を凝視している。ある者は気遣わしげに、ある者は不安そうに。今日の合議には、この城内で一番広い会堂に、主要な臣下がすべて顔を揃えているのだ。

「少し休憩にしようか」

フローランは深呼吸をし、笑顔を作った。

「気分を変えて、ワインでも……。そうだ、つい先日、バレ渓谷から新酒がひと樽《たる》献上されたのだった。新しい品種の葡萄《ぶどう》で作った初めての酒だそうだ。醸造所の者が自信作だと申しておったゆえ、皆で試飲してみよう」

「おお、それは」

臣下たちは好意的に相好《そうごう》を崩した。昼間の閣議中に公人がワインを嗜んでも、西方大陸諸国では「だらしない」ということにはならないのだ。気候風土上の理由で良質な飲料水が乏しく、衛生的に安全な飲み物と言えばワインかビールということになるからだ。国土の大半が峡谷であるサン＝イスマエルではなおさら、飲料の大半は豊富にとれる葡萄から作るワインということになり、酒精《しゅせい》の軽いものは子供でも飲む。

「おお、これはなかなか、素晴らしいコクではございませぬか」

景気よく喉を鳴らした臣下が賞賛した。

「うむ、同感だ。風味の土台がしっかりしておって高級感もある。新品種の導入は正解でございましたな」

ゴブレットをくるくると回し、どろりと濃いワインレッドを鑑定しながら、フローランは満足げに頷く。

「葡萄品種の転換は、亡き父上が熱心に進めておられた政策だが、土壌改良だの接《つ》ぎ木だのと、とにかく結果が出るまで時間がかかりすぎるのが悩ましいところだ。七年も八年も待った挙げ句に、とてもモノにならぬという結果になることもあり得たゆえ、まずは一安心だな」

美貌の君主が聡明な微笑を浮かべ、群臣たちの間になごやかな空気が満ちたその時、閣議室の扉がどんどんと叩かれた。

何やら押し問答の声がして、護衛の者たちを押しのけるように扉を開いたのは、例の三臣下である。ヴィシウス・アンブロワーズ・ロランスそれぞれに、額や手首や目に包帯を巻いているのは、無論先日、ガスパールにやられた痕《あと》だ。

「貴君ら――」

フローランは啞然とする。とっさに叱責の言葉が出ない君主に代わって、「何をしに来たか！」と一喝したのは、臣下のうちのひとりだ。

「卿らは主君の危機を救いもせず、のみならず殿下の御身を他国の者の手に売り飛ばしかけた不忠者として、謹慎の身であろう！　それを許しも得ず、のうのうと登城するとは――」

「黙れ小僧！」

ヴィシウスが一喝し、アンブロワーズが後を続ける。

「我らはただ、ドワイヤンとの紐帯《ちゅうたい》を損ねてはならぬという使命感から、ウスターシュ将軍の便宜を図っただけぞ。そもそも罰など蒙《こうむ》る謂《いわ》れはないわ！」

「何だと！」

「左様左様、それを不忠と言うからには、卿ら、明日にでもドワイヤン女侯と事を構える覚悟がおありなのであろうな。かの国の機嫌を損なえば、それ、今飲んでおるそのワインひと樽とて他国で売れぬようになるということぞ。そうなればこの小国は半年を待たずして日干しじゃ。理想でパンは食えぬのだぞ！」

ロランスの声が響き渡ると同時に、会堂に気まずい沈黙が満ちる。

ドワイヤンとの関係が破綻すれば、サン＝イスマエルは終わりだ。それは冷厳な事実だった。明らかな売国行為に手を染めている三人を、政治の場から排除できないのも、かの国の意向を慮《おもんぱか》ってのこと。だがだからと言って、他国の威光を笠に着て主君の命じた処罰にも従わぬとは――。

「ヴィシウス、アンブロワーズ、ロランス」

重い沈黙を破って、フローランがすらりと起立した。

「騒ぐでない。謹慎破りを犯してまで申し述べたいことがあるならば、粛々《しゅくしゅく》と述べるがよい。ここは正式の閣議を行う会堂だ。子供じみた売り言葉に買い言葉を交わす場ではない」

うっ……と気圧《けお》されたような空気を、フローランは三臣下たちから感じた。年若い主君に、今までにない威厳を感じたらしい。当然だ。ガスパールが聖地から帰還して、フローランにもわずかながら軍事力の後ろ盾ができている。いつまでも隣国の犬どもにへこまされてばかりはおらぬ。

（兄上の庇護を得ていきなり強気で振る舞えるようになるとは、我ながら現金なものだがな――）

ふ、とわずかに口元に自嘲を浮かべる。その表情を一種の威嚇《いかく》だと感じたのか、大柄なヴィシウスが「くっ……」と屈辱の呻きを上げる。

「で、では申し上げまする。我ら三人、ここに連名でバルビエール伯爵を売国行為のかどで告発申し上げる」

ざわっ……と会堂の空気が揺れる。

――バルビエール伯爵を告発？

――ばかな。そう言う彼奴《きやつ》ら三人こそ……！

――いいがかりだ。そうに決まっておる……！　バルビエール伯爵に殴打された逆恨みだ……！

「御一同、お静かに」

アンブロワーズが会堂を見渡す。

「証拠はここにあり申す。この一週間、バルビエール伯爵の館には商人に身をやつしたカプレット家の密使が頻繁《ひんぱん》に出入りしてございまする。密使が伯爵に贈ったものの目録も、ほれここに」

得意げにロランスが差し上げたものは、封蠟を切った形跡のある丸めた羊皮紙だった。封蠟に残る片鱗には、山羊《やぎ》の文様が浮き出ている。明らかにカプレット公爵家の紋章だ。ドワイヤンと長年仇敵《きゅうてき》関係にあるかの大領主の！

「こ……こんなものがなぜ貴君らの手に？」

「伯爵家の小間使いが燃やそうとしたゴミの中に混ざっており申した」

「それはおかしい」

声を上げたのは、群臣の中のひとりだ。

「それはおかしい。そのような重大な証拠を、そのように無造作に処分するものか。我ならば小間使いなどの手に任せず、自分で暖炉にでもくべて燃やしてしまうわ」

そうだ、おかしい、と声が上がり続ける。あのバルビエール伯がそのようなうかつなことをするものか。でっちあげではないのか。たとえカプレットの者の出入りが真実であっても、優れた騎士に他国の勧誘者が接触するのはよくあること。それをもって売国行為とは、牽強付会《けんきょうふかい》に過ぎよう……。

「お静かに御一同。伯爵の館の内部でのいきさつはわからぬが、ともかくも証拠の品はこうしてほれ、ここに存在いたすのじゃ。伯爵がカプレットと接触を持っておることは明白なる事実でござるぞ」

「大公殿下」

うやうやしく頭を垂れたのは、ヴィシウスだ。

「高名なるバルビエール伯爵が、万が一にもカプレット家に仕官するようなことがあっては、我らドワイヤンとサン＝イスマエルの同盟的危機。早急に対処されねばならぬ、と——」

「――それがドワイヤン女侯爵の御意向なれば、我ら三人、ここに伯爵を告発申し上げる次第にござりまする」

「何とぞ早急なる御処分を――」

「ことは国家の安寧に関わりますれば」

三人の口々での告発を聞き終えたフローランは、手の中にある証拠物件の羊皮紙を握りしめた。ぶるぶると手が震える。

（――要するに、これもドワイヤンからの圧力なのだ。父が兄上の母君を離縁させられ、わたしの母を押しつけられた時と同じだ。ドワイヤンはわたしに、バルビエール伯爵を処分せよと――亡き者にせよと迫っているのだ……）

ドワイヤンからの横槍に屈した父の苦渋が思い浮かぶ。父と同じ道を辿《たど》るならば、フローランは最悪、ガスパールを逮捕処刑しなければならなくなる。もしそれを拒否したり、兄を国外へ逃亡させたりすれば、サン＝イスマエルは即日ドワイヤンの軍勢に蹂躙《じゅうりん》されるに違いない――。

「大公殿下？」

さあどうするのだ、と威嚇するように呼びかけられて、フローランは「待て」と声を上げた。

「待て、この一件はとりあえず予が預かる」

「何と？」

「予自らが吟味いたす、と申しておるのだ。バルビエール伯爵はカテル大公家の連枝にして、このサン＝イスマエルにとっては軍事力の要《かなめ》。卿らの告発を、そのまま受け入れるわけにはいかぬ」

おお……と会堂の群臣がどよめく。あの三臣下の言いなりだったフローランが、初めて逆らったのだ。三人はそれぞれの表情で面食らった。

「し、しかし大公殿下」

「ことの重要性をわかっていただけぬのですかな？」

「左様左様、ドワイヤンの女侯爵殿の怖ろしさをお忘れか。まだお若いゆえ、怖いもの知らずになられるのは無理もなきことかもしれませぬが……」

フローランは顎先を上げ、臣下たちを見回す。

「いや、先ほどの申し条通り、この証拠物件がやすやすと卿らの手に渡ったこと自体にまず不審がある。伯爵に、まこと我が国を捨て、カプレットに走る気があるならば、証拠の隠滅《いんめつ》は徹底的にしたはず。これは予に、伯爵に対する不信の芽を植え付け、サン＝イスマエルに動揺をもたらすカプレットのやつばらの離間策かもしれぬ」

謀略を用いて他国の有力な文官ないし将軍と君主の間を裂き、粛清させ、国家が弱体化したところを攻め滅ぼす――よく使われる手だ。

「もし左様であれば、卿らの告発は、ドワイヤンの国益を守るつもりでカプレットを利することになろう。万一、伯爵を処刑した後にそうと発覚すれば、卿ら、かの女侯爵殿にどう申し開きいたす？」

「げ……」

三臣下が三人揃って潰される蛙の声を上げたのには、理由がある。

貪欲かつ冷徹なエロイーズ・ドワイヤン女侯爵だが、幾度も苦杯を嘗《な》めさせられたカプレット家に対する敵愾心《てきがいしん》だけは理性で御《ぎょ》せない、と言われている。自らの走狗《そうく》である三臣下の申しようを信じて、フローランにバルビエール伯爵を粛清させた挙げ句が、それこそがカプレットの思惑通りだった、と知れば、おそらく無能な狗《いぬ》どもの首など、即日飛ぶに違いない。髪を振り乱して激怒するその姿までもが、目に浮かぶようだ。

「それに、予とて血縁者に対しては情のあるただの人。もしそうなれば、まんまと他国の策に乗せられ、兄上に——予の大切な臣であるバルビエール伯に濡れ衣を着せようとした卿らを守る謂れはない。それこそ、かの女丈夫殿の歓心を買うために、ドワイヤンの宮廷に首を三つ持参することには何の痛《つう》痒《よう》も感じぬが——」

いかがいたす？　と碧玉の目で見返されて、三臣下はぐうと呻った。虎の威を借る狐にとって最も恐ろしいのは、虎に狐の代わりなどいくらでもいると気づかれてしまうことなのだ。

（まずは一手先勝——）

フローランは会心の笑みを浮かべるのを、必死で堪えた。まだだ。おおかた三臣下どもの怨みつらみによって始まったのであろうこの一件をつつがなく落着させるには、もう一手必要だ。

「——しかし、謹慎中のバルビエール伯爵に、カプレットの者が触手を伸ばしてきているのは確かなことのようだ」

がさがさ、と羊皮紙を丸め直し、卓上に置く。

「もし万一、かの騎士を他国に奪われるようなことがあれば、サン＝イスマエルにとっては重大な危機。当人の思惑がどうあれ、これは事実を問い質さねばなるまい」

――うむ、そうだな……。

会堂にひそひそ声が満ちる。

――伯爵は先代大公の庶長子。カプレット家がその血統を理由に、伯爵を押し立てて大公位を要求してくることも考えられる……。

――それに、バルビエール伯爵が離脱するということは、その旗下の勢力も離脱するということ。この小国にとっては大きすぎる損失ぞ……。

バルビエール伯爵ガスパール旗下の軍事力は、あくまで伯爵個人の私有財産、というのが西方大陸諸国の習いである。もし臣下が主従関係の解消を希望した場合でも、君主は臣下に「他国へ移籍するのなら配下の軍隊は置いて行け」と命令するわけにはいかないのだ。軍事力の流出を防ぎたいのならば、ドワイヤンの要求する通り、悪評を覚悟で難癖をつけてでも逮捕・処刑という非常措置《そち》を取って財産を没収するか、それとも、待遇を改善して移籍話を潰すしかない。たとえば「領地も増やしてやるし、いい家柄の嫁も世話してやるから行かないでくれ！」という具合に、君主自ら交渉するのだ。

「しかし大公殿下」

アンブローズがあからさまに「そのようなことができるのか」と言いたげな声音《こわね》を隠さずに発言する。

「この小国が伯爵のために割《さ》ける領地など、たかが知れておりましょう。それに伯爵は、御年二十五になられる現在までご結婚を拒んでおられる女嫌い。たとえカテル家の一族から花嫁を選んだとて、拒まれるは必定《ひつじょう》。畏れながら殿下に交渉の切り札などございますまいに」

「いや、ある」

フローランは断言する。

――そなたと、この肉でもって結ばれたいのだ……！

耳の奥に響く声に、思わず目を閉じる。兄が声に出して欲しいと言った唯一のものを、自分は所有しているのだ……。

「卿らに約束しよう。バルビエール伯爵はどこにもやらぬ。カプレットの思惑になど決して乗らぬ。ゆえにこの一件、しばらく予に預けてくれぬか」

会堂の臣下たちは、了承のしるしに左胸に手を当て、深く頭を垂れた。「できるものならやってみよ」と言いたげな顔ながら、三臣下たちも同じ姿勢を取る。

――自分が責任を持って伯爵を引き留める。ゆえに、告発は保留せよ。

まずは最低限の譲歩を、フローランは取りつけたのだった。


「ニナ、そなたの力を貸しておくれ」

新入りの女官の協力を取り付けるには、そのひと言と少しの微笑で充分だった。赤毛のニナは頬を上気させ、少々危なっかしいほどの熱心さで、フローランが夜半、城下へ微行するための手助けをしてくれた。万一を考えて城主寝室のベッドに丸めた毛布を突っ込んで人の形にし、しかる後に従僕用通路からフローランを城外に脱出させたのだ。

「手慣れたものだね」

堀を渡るための小舟に乗り、帽子とショールで顔を覆ったフローランが感心すると、ニナは「いつもやっていることですから！」と得意げに口を滑らせた。夜半に寝台を抜け出して逢い引きするような相手がいるのか？　と問い質したい気持ちを、フローランはぐっと堪える。とにかく今は、この小娘の協力が不可欠なのだ。

ざぶり、と水を掻いて小舟を漕《こ》ぐ。

ブランシュ城は周囲を水堀で囲まれ、城下町は一番内側の掘割の外に広がっている。君主の居城に近い場所ほど身分の高い者の館が建っているのは西方諸国の常識で、カテル大公家のいわば分家筋であるバルビエール伯爵家の館もまた、城からさほど遠からぬ場所にあった。

「兄上……」

優美とは言い難いが堅牢そうなその姿を見上げ、フローランはガスパールを思う。

皮肉なものだ。顔を見て向かい合う自信がなかったために命じた謹慎処分だったのに、結局こうして、単身兄のもとに忍んでゆかねばならぬ結果になってしまった。それもまるで、恋人のもとへ夜這いに行くような格好で――。

（恋人……）

どきりとする。

（何を意識しているのだ、わたしは――）

しっかりしろ、と己れを叱咤《しった》する。

ガスパールは異母弟たるフローランを想っていることを告白はしたが、求愛してきたわけではない。フローランがきちんと距離を取り、しっかりと兄弟として接すれば良いだけだ。それなのに当のフローランがこうも動揺していては、いかにも触れなば落ちんといった風情《ふぜい》に見えて、兄の劣情を煽《あお》ってしまうかもしれぬ。気をつけねば――。

トントントン、と館の裏木戸を叩くと、内側から、「どなたです？」と誰何《すいか》する声が聞こえた。声変わり前の少年の声だ。

「……フローランだ」

返答すると、「えっ」という声が聞こえて、木戸に設置された小窓がかたりと開いた。中からとび色の瞳がフローランを凝視し、やがてかちゃりと鍵が開く音がする。

「た、大公殿下……」

驚いた顔を見せたのは、年の頃十三ばかりの少年だった。従僕としてきちんとした服装をし、火を灯した燭台を手にしている。

「良かった。わたしの顔を見知ってくれている者がいて」

帽子の鍔《つば》を上げながら、ホッと息をつく。偽大公と疑われたら、面倒な問答をしなくてはならないところだった。

「そなたは確かディオンだな。ガスパール兄上の小姓《こしょう》の」

「は、はい。憶《おぼ》えて下さっていたのですか？　一度お目通りを頂いただけなのですが……」

「憶えているとも。兄上が聖地から帰還の途上で拾っ……いや、見出したというのがそなただろう。

あれから何度もそなたの話を耳にしたぞ。ブランシュは田舎町ゆえ、見慣れぬ顔がひとりでも増えればたちまち噂になる」

「光栄でございます、殿下」

ディオンはひょこりと頭を下げた。灯火に映えるその髪は艶のある茶色で、色合いは金に近い。戦乱で孤児となったが、一応は騎士階級の生まれであるらしく、そこそこ整った容貌をしているため、あるいはガスパールの寵愛《ちょうあい》を受けているのではないかという噂も流れたが、この夜半にまだお仕着せを脱がずに働いているところを見ると、色事には縁のないただの小姓であるようだ。

「兄上――バルビエール伯爵はまだ起きておいでか？」

「はい、まだ寝室には行かれておりませぬが……」

「すまぬが他の従僕に気づかれぬよう、極秘で取り次いでおくれ。『フローランが来た。ふたりきりでお会いしたいと申している』と、それだけで良い」

「いえ、あの、それがその……」

言いにくそうな様子を見せる小姓に、「どうした？」と問うと、少年は「今は御来客中で」と意外なことを言った。

「この夜半に、わたし以外に客？」

「はい、ここ連日おいでの方で、お帰りになるまでは誰も客間に顔を出してはならぬと――」

それゆえディオンは、眠気を堪えて来客が帰るのを待ち受けていたのである。「誰だ？」と問うフローランに、少年は答えた。

「存じませぬ。ただどこか別の国の方のようで、先日からこの先の商人宿に滞在しておいでだと伺《うかが》いました」

「――ッ」

フローランは緊張した。カプレット家の特使だ！　あるいは、と思ってはいたが、本当に鉢合わせしてしまうとは――。

（運がいいのか悪いのか――）

ふう、とため息をつく。

「わかったディオン。わたしは客が帰るまで次の間で控えているから、そなたはもう部屋に下がって眠りなさい」

「いえ、でも、お客様をお見送りしなければ――」

「夜半の客など、顔を見られたくない事情を抱えているに決まっている。そなたがいなければ、兄上も客人も、却ってほっとするだろうよ。気にすることはない。そなたは明日も朝早いのだろう？　きちんと眠って疲れを取っておくのも従僕の務めだよ。伯爵にはわたしから言っておくから。さあ――」

肩に手を触れて促すと、少年は不承不承の顔ながら頷いた。どれほど眠っても眠り足りない年頃だというのに、もう貴人に仕える者としての心構えがあるらしい。健気なものだ。

少年の足音が階上へ消えるのを耳で確認し、心もとない蠟燭の火ひとつで、客間の扉を探し当てる。ほどなく、それは見つかった。扉の狭間から灯火と人の話し声が漏れていたからである。

「バルビエール伯爵」

聞き慣れぬその男の声には、やや疲れた色があった。

「何ゆえそう頑《かたく》なであられますかな。我が主君《モン・セニュール》がこれほどの好条件を示して伯爵を我が宮廷へとお望みであられますのに」

「……」

「聖地で功名を立てられた伯爵には、このような小国の臣下は役不足にござりましょう。おまけに主君の危機を救いたもうたにも拘《かか》わらず、このように謹慎を命じられねばならぬほど、ドワイヤンに対して弱腰なカテル大公には、もはや忠節を尽くす義理もございますまい」

（……その通りだな）

フローランは特使の声を盗み聞きながら苦い思いを嚙みしめた。自分にはガスパールの主君たる器はないかもしれない――という不安と罪悪感は、弟でありながら兄の主君と定められたその時から、常にフローランの胸中にある。

ゆえにこたびの一件も、あるいは兄が心を動かされるやもしれぬ、と案じたのだが、どうやらガスパールは、カプレットの特使に色よい返事をしてはいないようだ。

ホッ――と息をつく。

「伯爵が我がカプレット領にお越し下されば、先日の御進物に加えて、現在に三倍する領地と、爵位の昇進と、見目良いお小姓をお好きなだけ。それに妙齢《みょうれい》に達したばかりの公爵家の姫君を配偶者に、というお話もあるのでございますよ。リリアーヌ姫ご本人も、高名な聖地の騎士たるガスパール殿の妻になれるやもしれぬと、胸をときめかせて……」

「御使者殿」

遮《さえぎ》るように発せられたガスパールの声には、かなりの酔いの気配が感じられた。

「その姫には悪いがな、俺は女は好かんのだ。いや――それ以前に、生理的に駄目なのだ」

「何と……？」

どん、と音がしたのは、どうやらガスパールがその脚を卓に乗せた音らしい。どぼどぼ、とワインをゴブレットに注ぐ音も聞こえる。

「我が身の恥を話すことになるが、聞かれるがよい。俺の母は淫蕩《いんとう》な、乱倫の女だった。まだ幼かった俺の目の前で、平気で間男と睦み合うような女だった。俺は五歳にして自分の母が脚を開いて男と交わるところを見てしまった。年頃になっても、俺にはすべての女があの時の母に重なり、どんな美女にも勃起することができなかった。妻を娶らなかった本当の理由はそれなのだ。俺は世間に広まっている噂のように、男も女もいけるのではない。男しか抱けぬのだ――」

「――っ……」

「母はそのくせ、心の中では死ぬまで自分を捨てた夫――先代大公オーベール三世のみを愛し続けていた。俺はそんな母の寝室での所業と、傷ついた愛が生む執着の醜さをまざまざと見て育った。自分の中にも、同じ血が流れていることを感じながらな……」

「は、はあ……」

「フローランはあれで、父に……母が生涯愛した男に、良く似ているのだ」

兄は際どいことを告白した。相当に酔いが回っているようだ。

「外見はドワイヤンから嫁いできた母親の面影そのものだそうだが――その健気なほどの責任感の強さ、懸命さ、優しさ……俺は、俺の中の母の血が、あれに焦がれて泣くのを感じることすらある」

ごくごく、と喉の鳴る音に、使者の声が重なる。

「しかし伯爵、その忠誠心に見合うだけのものを、カテル大公は下されますまい」

「そんなものはいい」

ふぅー、とため息を吐き出す音。

「そんなものは欲しくない。俺が欲しいのは、豊かで実入りのいい領地だの血統の良い馬だの、腕の良い職人が誂《あつら》えた甲冑と剣だの、そんなものではない。そんな、この世で手に入るものではないのだ。俺が欲しいのは――」

フローランは一瞬ひやりとした。ガスパールが酔いに任せて他国の使者にあの秘密を漏らすのではないかと案じたのだ。もしそうなったら、使者を殺害してでも口を封じねばならない。フローランの手が護身用の短剣に伸びたその時、ガスパールは、たん、と卓にゴブレットを置いた。

「お帰りあれ、使者殿」

にべもなく追い払う声。話し合いはこれで終わりだ、という通牒《つうちょう》だ。

「俺はこのサン＝イスマエルから離れる気はない。一生涯、何があろうとも――フローランが大公の座にある限りは、な……」

「――残念無念にござりまする」

使者が諦めのため息をついた。

「ですが我らカプレットは、伯爵と誼《よしみ》を通ずる意思まで捨てはいたしませぬぞ。先日の目録は、結局打ち捨てられてお受け取りいただけませなんだが……」

かさかさ、と軽い音は、羊皮紙が擦れる音だろう。フローランはあの目録が三臣下の手に渡った事情を察した。入手のいきさつに謀略などはなく、あれはただ単にガスパールが、おそらく今夜のように酒に酔っていたために、受け取る受け取らぬの問答の末、そのまま部屋の床にでも捨てておいたのを、従者が普通のごみと一緒に処分したからなのだ。それを、揚げ足取りの材料を探していた三臣下の手下が発見した……。

「今宵の御進物は、おそらく伯爵の意に添うものと自負いたしまする」

「……毎回ご苦労なことだな」

熱のない声に、使者の自信たっぷりの声が重なる。

「伯爵は聖地へ向かわれる途上も、帰還の途上も、金髪の若者にはことにお優しかったとか」

「……っ」

ガチャン、と金属の音がした。兄がゴブレットを取り落としたらしかった。

「時折、陣内で伽《とぎ》をさせる男娼も、必ず金髪の者を所望されたと聞き及びます」

「——何が言いたい？」

「伯爵のお好みに添う、黄金の髪を持つ小鹿の如き美青年を、すでに御寝室に控えさせてございまする……」

——なっ……！

思わず叫びそうになったのは、情けなくも扉の外で立ち聞きをしているフローランのほうだった。つまり使者は、ガスパールを籠絡《ろうらく》するために、その好みに適う「生きた土産《みやげ》」を手配してきたのだ――。

何ということを、と頭に血が上るのを感じたフローランの耳に、さらに兄の呟きが届く。

「ほう……黄金の髪の……」

少なからず、興味を示したような声音だ。（そんな、兄上！）と、フローランは叫びだささぬよう、両手で自分自身の口を塞ぐのが精一杯だった。

「閨房《けいぼう》の趣味は人それぞれ。女を好む者も男を好む者も、この世にはすべからくおりましょう。また肌の色合い、瞳の色、髪の赤い黒い――お好みの範囲が特異に狭い者も、決して珍しくはございませぬ。まして伯爵は独り身の無聊《ぶりょう》を囲っておられる。閨《ねや》の相手をさせる者のひとりふたり家内におられたとて、誰もそれを責めますまい。今宵、存分に味見をなされて、お気に召されましたらば、是非とも身近にお置き下されませ――」

「なるほどな」

ククッ、と喉に絡まるような、自棄《ヤケ》半分の笑い。

金髪の美青年。それが兄にとって単なる男妾《おとこめかけ》ではないことを、フローランは知っている。おそらくガスパールは、異母弟への禁じられた想いを満たすために――あるいは忘れるために、今までもなるべくフローランの面影に近い相手を求め、それを抱くことでどうにか胸の中で暴れる欲望を押し殺し、慰めてきたのだろう。カプレットの使者はそれを「金髪の青年がお好みなのだ」と解釈したわけだが、図らずもその配慮は、兄の切実な欲求に適ってしまったのだ。

「黄金の髪、か……」

くくく、と自分自身を傷つけるような嘲笑の果てに、兄は言った。

「いいだろう。受け取っておこう……一夜の慰めくらいにはなるだろう」

（……！）

兄の声を聞くや否や、フローランはカツカツと駆け出した。バルビエール伯爵邸は元々、カテル大公が下賜《かし》したものである。兄の寝室の位置は、大体見当がついている。

ばんっ！　とノックもなしに押し開けた扉の向こうに、若木のように伸びやかな肢体の青年が、こちらに白い尻を向けて立っていた。一糸まとわぬ全裸。そして、確かに金色の髪をしている。

「あっ、あのっ」

男妾は突然の突入者に戸惑い、竦み上がった。

「あのっ、まだ準備が……」

見れば若者は帆立貝の殻《から》に入れた軟膏《なんこう》状のものを指先に掬《すく》い取り、それを自らの後孔《こうこう》に塗り込めようとしているところだった。そうして、男を――兄ガスパールを、自分の体の中に迎え入れる準備をしているのだ。

部屋に唯一灯る灯火が、ボウッ……と揺れた。

男妾の青年が、ひっ、と息を飲んだのは、フローランが短剣を取り出したからだ。その碧玉の目に、粘度の高い感情を籠《こ》もらせて。

(――何だ、この男は)

フローランは怒りで頭の中が赤く染まった。

(よく見ればそれほど美しくもないし、そもそもう若くもないではないか。何が小鹿のような美青年だ。夜闇を幸い、兄上を誤魔化《ごまか》すつもりだったな。それに、その金髪は何だ。酸で脱色してそれらしく見せているだけではないか。こんな奴が、これから兄上に抱かれようというのか。こんな奴が、これから兄上の腕の中でわたしの身代わりになろうというのか……)

フローランは考えを巡らせる。こんな安物の男妾に、兄上の寵愛を受けさせてなるものか。こんな粗末な身代わりと引き換えに、カプレットのやつばらに兄上を渡してなるものか。それくらいならば……それくらいならば……。

フローランは竦み上がっている青年に、短剣を鞘《さや》ごと投げつけた。

「……持って行け」

鞘に収まった短剣を手に、男妾の青年は戸惑ったように、剣とフローランとを交互に見ている。

「違約料だ。大公家に代々伝わる品ゆえ、丸ごと売っても、鞘についている宝石をバラして売っても、それなりの値になろう」

「えっ？　えっ？」

「早く行け！　伯爵はお疲れゆえ、今宵は閨を愉しむ気になれぬと仰せだ。それとも裸のまま叩き出されたいか！」

「は、い、いいえ、はい！」

青年は慌てて衣服を掻き集め、股衣《ズボン》だけを穿《は》いてあとは手に持ったまま出て行こうとした。フローランはそれを「待て」と引き留め、自分の帽子とショールを掛けてやる。

「なるべく人目に立つなよ」

はい、と返事をした青年が、ばたばたと部屋を出て行った後、フローランは靴先にこつりと当たるものを感じた。

見れば、先ほどまで青年が使っていた膏薬の入れ物が落ちている。青年にとっては商売道具なのだろうに、あまりに性急に追い出されたために、持って出るのを失念したらしい——。

「……」

フローランはそれを拾い上げ、軟膏を指先で掬った。匂いを嗅ぎ、指先で感触を確かめる。どうやら獣脂に香料を混ぜて練り上げたものらしい。少しは痺れ薬のようなものも配合されているだろうか。

これを使えば、男の身であっても、女のように男を満たし、悦ばせることができる——というわけだ。

フローランは運命が真っ黒い翼を広げて、頭上に降りてくるのを感じた。もうまともに、ものが考えられない。

手が勝手に、体から衣服を剝《は》いでいく。そしてフローランの意識は、まるで体から離れでもしたように、そんな自分を茫然と見つめているのだ。

（狂ったのか、わたしは……）

この冷たい感覚が狂気なのか。

このシンと凍りつくような無音と無感覚の世界が、そうなのか――。

フローランは一枚残らず衣服を脱ぎ、伸びやかな二十歳の肉体をさらすと、ふっと火を吹き消し、寝台に上って褥の中に潜《もぐ》り込む。

手には帆立貝の容器――。

そしてその暗闇の中で、じっと兄の来訪を待ちながら、くち、くち……と、ねばついた音を立て続けた。


「……いるのか？」

木の扉が軋みながら開くと同時に、兄の声が響いた。褥に包まったまま背を向けながら、フローランはびくりと身を震わせる。

ばたん、と扉の閉まる音。コツコツと響く靴音。ぼんやりとした蠟燭の明かりに、兄の影が黒々と浮かんでいる。

――もう後には引けぬ……。

発覚すれば、兄諸共に生きたまま火で炙られる運命が待つばかりの、罪。死して後も、決して救いは得られない大罪。だがそう心の中で何度繰り返しても、フローランの体は動こうとしなかった。褥を跳ね飛ばし、「兄上」とひと言――ただそれだけで、すべてが未遂に終わるというのに……。

兄の気配が、寝台のそばに立つ。

さらり、と髪をひと房掬い取る。

「——なるほど」

ガスパールがふふっと笑った。

「夜目にも鮮やかな金の髪……確かに、俺の好み通りだな」

「……っ」

「あの遠征以来、どこに行っても俺が金髪好みだと知った輩が群がり寄るようになって、偽物の金髪には食傷しておったのだが——」

ガスパールの頑健な体が、ぎっ……と寝台にその重みを掛けてくる。

「この傷みのない手触り——。そなたのはどうやら、本物のようだ。それにこの、蜜のような色合い……この世にこの色合いの髪を持つ者が、まさかもうひとりいようとはな——」

問わず語りに漏らしながら、褥をはぐる。

兄に背を向けているフローランの肌に、夜の空気の冷たさが触れた。

「ほう」

感嘆のため息が背後から聞こえる。無骨な手が伸び、肩を摑む。

フローランはとっさに、枕に顔を伏せた。

びくつくその体を、ガスパールの熱い手が、さらら……と撫で下ろしていく。

「何と、これは……」

感に堪えないような囁き。

「色白なだけでなく、まるで練り絹のような……」

兄の手が、胸に回り込む。闇の中で探り当てた乳首を、強い指先がこねくり回す。

「――ッ……」

フローランは身を硬くして、欲望そのもののような指の動きに耐えた。声を殺し、身をくねらせて悶えるのを、ガスパールは「うぶな反応だ」と笑う。

「気に入った」

囁きと同時に、ばさりと服を脱ぐ音に、ぞく……と肌がそそける。

「相手をしてもらうぞ」

ことり、と燭台を置く音。間を置かず、ふっ……と吹き消す音がしたのは、予想通りだ。蠟燭は高位身分の貴族であっても大変な貴重品で、寝台に入る前には忘れず火を消すのが大陸諸国共通の常識だからだ。

これでもう、ガスパールは、男娼の正体を知ることはできない――。

墨を流したような真の闇の中、兄の熱い裸体が、フローランの背後に横たわってくる。張りつめた肉に鎧われた筋骨の質感に慄く間も与えられず、その手が、全身の肌をまさぐり始める。胸の尖《とが》りを愛撫し、肉の削げた腹を撫で、尻の肉塊を揉みしだいて、内腿へ侵入し、脚を開かせる。うなじの後ろに口づけられながら性器をいじられ、根元からしごき上げられて、フローランはついに「あ……」と声を漏らした。

「ふふ」

兄が首の後ろで笑いを零した。

「良き声だ……愛《う》い奴め……」

感じ入ったようなため息と同時に、先端を爪で苛《いじ》められた。小さく、だが鋭く、痒みのような痛みが走る。あふれ出た粘液が、男の指を濡らしてゆくのが、いじり回される度に立つ水音からわかる。

（し……知らない……）

淫らな水音と、苛《さいな》まれるような愛撫に耐えながら、フローランは頭の隅で考えた。こんな兄は知らない。こんな男は知らない。こんな、男の劣情を剝き出しにした、飢えた獣のような男など知らない——！

だがこれは、この熱い裸体で伸し掛かり、狂おしく体をまさぐる男は、間違いなくガスパール・オクタヴィアン・ド・バルビエールだ。これは兄の、知られざるもうひとつの顔なのだ。兄もまた、肉欲と征服心にまみれた、一匹の雄《おす》だったのだ——。

「這え」

短く命じられる。傲慢ではないが、有無を言わせぬ口調だ。

「膝を立てて、尻を差し出せ」

その命令に、フローランは無言で従った。従順な奴隷のように、褥の上に手を突いて、屈辱的な体位を取る。

すかさず、男の手に尻肉を鷲摑《わしづか》まれ、左右に押し広げられて、秘めた肉の蕾を露わにされた。真後ろに兄の息遣いを感じ、あまりの羞恥に身が竦む。

つぷり、と。

節の太い指が、蕾のつぼまりを突き破る。すでに施してあった潤滑剤のぬめりを借りて、突き入れ、引きずり出し……慣れた仕草で、頑なな蕾を開花させてゆく。

「あ……」

繊細な部分をいじり回され、痙攣《けいれん》するように震える背に、

「きついな——」

眉をしかめるような声が落ちる。

「一応、ほぐしてはあるようだが……もしや、新鉢《あらばち》か？」

性交でそこを使った経験がないことを看破《かんぱ》されて、フローランはぎくりと震え、ぶるぶると首を振る。ガスパールは「嘘をつくな」と苦笑した。その指が愛しげに金髪を絡め取り、感触を楽しむように梳き降ろす。

「この見事な髪——手入れの行き届いた肌の感触でわかる。そなたは本来、このように人に身をひさぐような身分の生まれ育ちではなかろう」

「……」

「カプレットめ」

くくっ、くくっ、と狂気のように失笑する声。

「どうやって言いくるめたか知らぬが、図らずも、最高の代用品を寄越したというわけだ」

頑強な手が、むずとフローランの腰骨を摑む。ふっくらとほころんだ蕾の中心に、漲る男の先端を

押し当てられて、フローランは息を飲んだ。

「入れるぞ」

簡潔かつ無愛想な声。

「新鉢には、少しきついかもしれぬがな――」

その、瞬間――。

フローランはとっさに、褥に顔を埋めて、叫びを押し殺した。信じられぬほどの硬さと質量が、体の中に捩じ込まれてくる。慎ましく閉じようとする蕾を蹂躙し、押し広げ、未通の道を拓《ひら》きながら――。

「ウッ」

きつさに呻いたのは、ガスパールのほうだ。己れの肉杭を埋め込んだ尻を鷲掴み、閉じようと痙攣するそこを力ずくで左右に押し開いた挙げ句、腰をこじりながらさらに深くまで埋め込む。優しさの欠片もない、ただ欲望を遂げようとする「男」の動き――。

「……っ、ふう……」

やがて、満足のいく深度まで達したのか、ガスパールは大きく息をつく。

そして腹の底を震わせ、笑った。

「素晴らしいぞ、そなたは……」

「――ッ……！」

「この髪の艶、肌の滑らかさ、肢体の初々《ういうい》しさ……。まるでどこかの高貴な君主を犯しているかのようだ。――そう、たとえば、劣情に駆られた騎士が、恋焦がれる主君を玉座から引きずり降ろして……泣き喚いて拒むのを押さえつけ、無理矢理に……」

「……！」

びく、と男を呑んだ腰が慄いたのは、中に居座る肉杭が、兄の声の高揚につれて膨張するのを感じたからだ。兄は心の内で、今まさに異母弟を――カテル大公フローラン二世を襲い、蹂躙する夢想に耽溺《たんでき》しているのだ。つい先日、ドワイヤンのウスターシュがしたように――。

「そして散々に犯した後で、不埒《ふらち》な騎士は傷ついてすすり泣く主君にこう言うのだ。『嘆かれるな、我が主君《モン・セニュール》よ。御身はすでに我が物なり。かくなる上は、地獄へも共に行かん――』とな」

「……あ……」

「それが俺の……生涯、夢で終わらせねばならぬ夢なのだ――」

我ながら哀れだな、とくつくつと自嘲しながら、ガスパールは腰を前後に動かし始める。怒張し、血管の浮かぶその太い茎が、フローランの肉の洞穴の内側をしたたかに摩擦する。

「……あ……あ……」

その熱塊の感触。ちゅく、ちゅく……と、蜜を掻き混ぜる音。フローランは褥を引き摑み、つま先を丸め、闇の中で呻吟《しんぎん》しながら、己れの腹の中で起きていることを生々しく感じ取った。

――貫かれている。犯されている……。張り出した先端が、中を引っ掻いて……！

きっと自分は今、兄の頭の中で、実の兄に襲われ、犯される哀れな君主になっているのだろう。この業の深い男によって、大罪の渦に引きずり込まれ、泣き叫びながら地獄へ堕ちてゆく君主に――。

「許せ――」

容赦ない動きでフローランの中を蹂躙しながら、兄が呟く。

「許してくれ……そなたを穢さずにおれぬ俺を……」

そなた、とはおそらく、今まさに抱いている男娼ではなく、ブランシュ城にいるはずのフローランなのだろう。許しを乞うているのも、頭の中で犯している異母弟に対してなのに違いない。

兄が抜き差しの速度を上げる。

「あっ、あっ、あっ……！」

その激しさを受け止めかね、身をくねらし、逃れようとする細腰を、無骨な手が掴んだ。

くびれに指を食い込ませ、ぐいっ――と引き寄せる。

しなる槍先が、隘路《あいろ》を突進し、奥を突く。そのまま幾度も、突きのめされる――！

「――――ッ…………！」

迸《ほとばし》る叫び。

ガスパールはたくましい背と胸を反らし、天を仰いで、フローランの内に想いを放った。

熱湯のような熱さにビクつく腰をなおも離さず、ゆさりゆさりと揺さぶり上げる。そして――。

「――ぐうっ……！」

決闘を終えた騎士のように呻き、脱力して、兄はフローランの中から己れの劣情を引き抜いた。

しばらくは声も出ない。墨を溶かしたような闇の中で、ただ、荒い呼吸音だけが響く。

「……大丈夫か……？」

問われたのは、今度は男娼のほうだろう。

「すまぬ、そなたが新鉢なのも忘れて、つい乱暴に……どこか怪我は……？」

フローランは褥に伏せて荒い息をしながら、首を横に振る。

劣情を解放し、理性を取り戻せば、やはり兄は優しい男だった。こんな、どこの誰とも知れぬ男娼風情を労って――と、フローランは理不尽《りふじん》な憤《いきどお》りを覚える。

（だって、兄上が今、抱いたのは、わたしではないのだもの――）

腹の中が熱い。孕まされた精が渦を巻いて、なおもフローランの中を犯しているかのようだ。フローランに向けられ、フローランの体に放たれた、だがフローランが受けたわけではない、兄の情け――。

たまらぬ気持ちで、跳ね起きる。

「む」

いきなり身を起こしてきた男娼に唇を奪われて、兄は面食らった声を上げた。

「接吻を許すのか――？　熱烈だな」

ガスパールが感じ入ったように漏らすのには、理由がある。

人に身をひさぐ者には、客と唇を合わせることを拒む者が少なからずいるのだ。接吻を許すのは、本当に愛した相手だけ――というのが、生きるために見ず知らずの相手に体を許さねばならない彼ら彼女らの、せめてもの、切ない操《みさお》の守り方だった。

だが、体を重ねた結果、あるいは姿を見た結果、心から相手を気に入れば話は別で、男娼娼婦の側から接吻を求めることもある。客の側からすれば、それだけいい男だと認められたというわけで、ちょっとした艶話の種になる——というわけだ。

「——俺を気に入ったと？」

下手な接吻を重ねる相手をあしらいながら、困ったようにガスパールは笑った。

「まあ待て。二度目を楽しむのは、小休止を取ってからだ」

「……」

「喉が渇いただろう。ワインを持って来てやる」

火の消えた燭台を手に、マント一枚を裸体の上に羽織った兄が、部屋を出て行く。

フローランは覚悟をし、寝台に端坐《たんざ》する。そして、時を待つ。

どこでもらい火をしたのか、ワイン壺を片手に寝室に戻って来た時、その蠟燭には火が灯っていた。

「待たせたな。バレ渓谷産の新酒だ。ひね酒と違って、旨い…………ぞ…………」

フローランが目を上げる。

燭台の光に浮かぶその姿を見るなり、兄はワイン壺を取り落とし、床の上に赤い洪水を広げた。

ぼぅっ……と、蠟燭の火が揺れる。

床に割れたワイン壺。たちこめるワインの香り。壁に映る黒い影の一方が、一方を摑んだままうなだれる。

兄はそうして、もう随分長いこと、フローランの肩を摑んで号泣していた。

「フローラン、フローラン、フローラン……」

泣き崩れるような声を、フローランは兄の鉄腕に揺さぶられながら聞く。

「どうして……なぜだ！　なぜこんなことを――！」

「……っ……」

「こんな――こんな、自ら兄に、など……！　気でも触れたのか！　それとも、誰かに強《し》いられでもしたのか！　そうだとしても、そうだとしても――！」

「あに……うえ………」

ガスパールはフローランを離すと、寝台の上に打ち伏した。漆黒の巻き毛を掻き毟《むし》り、「うおお……！」と呻る。

「犯した――犯してしまった……！　主君を……！　実の弟を……！」

「……」

フローランは裸体を起こし、今まさに、地獄の釜で煮られているかのように苦悶する兄を見下ろした。

「……お嘆きあるな、兄上……」

掻き毟られた黒髪を、整えてやるようにさらりと撫でる。

「御身はすでに我が物なれば――地獄までも、共に行かん……」

「フローラン！」

「もう遅い」

フローランは顔を上げた兄に、異様なほどの平静さで告げた。ガスパールが絶句する。その顔に告げる。

「すでに遅うございます。兄上。どれほどお嘆きになっても、わたくしは兄上によって鉢を割られ、もはや元の体には戻れませぬ。わたくしどもはすでに過ちを犯してしまった――。発覚すれば諸共に火刑台。死して後も、地獄堕ちは必定――とお覚悟下さいませ」

穏《おだ》やかながら明らかな脅迫に、ガスパールの顔が蒼白になった。

「…………っ！　そ、そなた……！　なぜそのように冷静なのだ！　罪が怖くはないのか！　人の道に背くことが、怖ろしくはないのか！」

「怖くなどございませぬ――兄上と共にならば」

狼狽しきったガスパールに対して、フローランは自分でもよくわからぬほどに冷静だった。兄を抱きしめ、筋肉の盛り上がった肩に顔を埋める。

「後悔など、ございませぬ……」

フローランは物心ついてこの方、ずっとガスパールに対して負い目を抱えて生きてきた。周囲で囁かれる心無い噂話が、それを増幅した。

――本来なればバルビエール伯爵こそが次期大公であられたものを。今は賢く身を慎んでおいでだが、内心ではいかばかりご無念であろうか……。

――ここだけの話、ご病弱で気弱なフローラン殿下より、剛毅《ごうき》でご壮健なガスパール殿のほうが大公にふさわしかったのではないかな……？

——先代大公も、フローラン殿下の背後にドワイヤンの力さえなければ、ご長子を継嗣となさりたかったに違いなかろうに……。

城の内外でひそひそと囁かれる声は、いかに周囲の大人が配慮しようとも、風に乗ってフローランの耳に入ってくる。虚弱で滅多に外出しなかった分、余計に従僕や侍女たちの噂話を耳にする機会が多かったこともあるだろう。少年期のフローランは、兄上に次期大公位をお譲り——いや、お返しすべきではないか——と思い悩み続けたものだ。

だが結果的に、それは兄の拒絶と、父の意思——正確には、フローランを廃嫡することはまかりならぬ、というドワイヤンの意思——によって実現不可能となり、フローランは大公位に就くこととなった。そのことが、フローランをさらに苦しめた。自分は本当は、ここにいてはいけない人間なのだ。だから兄には、能《あた》う限りの償いをせねばならない——と。

「ですが兄上は……このフローランから、何も受け取って下さらなかった」

大公家の所領の一部を割いて用意した領地も、爵位の昇進も、身分の高い姫君との縁談も、数々の贈り物もすべて断られた。その度にフローランは悲しい思いをした。自分には、兄から不当に奪ったものを償うことすらできないのか——と。

「でも、やっと……やっと、兄上は『欲しい』と言って下さった。わたくしを——この体を抱きたい、と」

突然の求愛。その困惑と迷いの中で、だがフローランはこうも思ったのだ。やっと、自分にも兄にしてあげられることができたのだ――と。

「ッ、そ、そんな言葉ひとつのために――そんなことのために、そなたはこの兄をたばかってまで体を重ねたというのか！　そんなことのために、神の掟《おきて》に背いたのか！」

己れの肩から異母弟を引き剝がし、ガスパールは喚いた。怒りの込められた声だ。

「そなたと――そなたという男は……！」

戦慄《わなな》く兄に、

「そんなこと、ではございませぬ！」

突き放される、と感じたフローランは、たくましい腕に縋《すが》りついた。

「お願いでございます、兄上――！　カプレットへなど行かないで下さいませ！　彼奴らの用意した男妾になど、触れないで下さいませ！」

ガスパールは、は、と息を飲んだ。今さらながらに、昨夜の密使とのやりとりをこの弟に聞かれていたのだ――と悟った顔だ。

そしてフローランが、どうしてこんなことをしでかしたのか、その理由も――。

フローランはなおも取りすがり、掻き口説く。

「このサン＝イスマエルは、兄上のお力なくば立ちゆきませぬ。ドワイヤンからも、カプレットの手に渡すくらいならば――と内々に通達が参りました。かの大国が、バルビエール伯に離反の意思ありと見なせば、わたくしは、兄上に死を……おお……！」

そのようなことは考えたくもない、と、フローランは兄の腕に額をつけ、頭を打ち振る。

「なれど、『聖地の騎士』たる兄上の名声に見合うだけの財など、この小国には逆立ちしても絞り出せませぬ……。差し出せるものがあるとすれば——兄上にご満足いただき、この国にお引き止めできるだけのものがあるとすれば——わたくしの、この体だけにございます——！」

「フローラン！」

「このような形で騙《だま》し討《う》ちにいたしましたこと、どうぞお怨み下さいませ！　その代わり、このフローランの一身、存分にして下さって結構にございます！　お好きなようにして下さいませ！　なれど、なれどどうか、サン＝イスマエルからの離反だけは——！」

泣き喚くフローランは、だが突然、世界が回転する感覚に襲われた。ガスパールが乱暴な仕草で、フローランの痩身を褥の上に組み敷いたのだ。

激しい動きに、ぎ……と寝台が軋む。

「愚か者が！」

フローランの裸体の上に重なりながら、ガスパールが怒号した。

「体を差し出す——だと？　好きなようにしろ……だと？」

蒼白な顔色で戦慄きながら、兄はフローランの喉仏に右手を掛けた。

ぐ……と指が食い込み、「う、くっ……！」と苦鳴が漏れる。

「俺がいつそのようなことを望んだ！　俺がいつ、そなたをそんな風に扱いたいと言った！」

「あ……に、うえ……っ」

「言ったではないか！　俺にとって大切なのはそなただけだと！　忠誠を誓うのもそなただけだと！」

「………っ」

「そなたが欲しくてたまらずとも、そなたを穢さぬよう、罪に落とさぬように身を慎み、欲望を堪えていることが……そうして、そなたを守り続けていることが、俺の誇りだったのだぞ！　なぜそれがわからぬ！　この俺が、体を差し出されて喜ぶ程度の男だと思ったのか！　俺の想いが、そんな下種なものだと！」

「――――！」

「それに……国のため……？　俺をカプレットに行かせぬために……こうしただと……？」

わなわなと震える右手が、さらにフローランの喉仏を押さえつける。到底、片手とは思えぬ力だ。

「そのために――たかがそんなことのために、そなたは俺と寝たのか……！　俺をたばかり、己れの身を生贄にして罠《わな》に嵌《は》めたのか！　俺が、俺がこの世で最も大切に思っているそなたを、自ら犠牲に供したのか！　そうすれば……そうすれば、俺が必ず承知すると計算して！　そうして、俺の気持ちにつけ込んだのか！」

「あ、兄上――――！」

「人の心を軽んじ、下に見る！　それを侮辱と言うのだ！　フローラン！」

フローランが碧玉の瞳を瞠るのと同時に、兄の指に力が込められた。容赦なく喉に食い込んでくる。

それに、フローランは死を意識する。

この握力ならば、片手で人の喉仏を握りつぶすくらいは造作もないだろう。それほど、兄は怒ってしまったのだ。フローランの愚かさに。フローランの……心無い侮辱に。

（――兄上……………！）

怒りのあまり震えている手の感触に、悲しみが湧き上がる。ああ、自分はまた、何もわかっていなかったのだ。この兄が劣情を抱く一方で、どんなに自分を愛してくれていたか。慈しみ、宝物のように大切にしてくれていたか――。

自分は取り返しのつかぬ過ちを犯したのだ、とようやく理解した瞬間、ぱっと手が離れる。

そして、ぶつけられるような口づけに、口元を覆い尽くされた。

「ん、ん」

息苦しさにもがくフローランを、ガスパールは押さえつけ、思うさま食い荒らす。

唾液があふれ、体がのたうつ。自分と兄とが共に勃起していることを、フローランは打ち重なる体の感触から悟った。

「っ、はぁ…………！」

ようやく離れた兄の唇が、フローランの顔の真上で、「思い知らせてやる」と低く囁く。

「あに……うえ……？」

「そなたに思い知らせてやる。愛を傷つけることが、どれほど罪深いか――！」

天を衝《つ》くような高さに両脚を抱え上げられて、フローランは半ば逆立ちに近い体位を取らされた。

「そして、男の執着が、どれほど怖ろしいかを――！」

寝台の上に立ち上がりながら、兄はフローランの蕾に己れの先端を押しつけ――。

「む……ん……っ」

息を詰めて、牡牛のようにたくましい腰に力を込め、慎ましく閉じた肉洞に捩じ込んでくる。

「ひ、あ、あああああっ……！」

槍先のようにぐりぐりと沈み込んでくるものを拒む暇《いとま》も与えられず、フローランはほとんどひと息で、逆さになった体を串刺しにされた。足首を摑まれ、逆さに吊り下げられながら犯される姿は、さながら解体される豚のようだ。

感じるためでも、感じさせるためでもない、ただ苦しめるためだけの、拷問のような挿入――。

「あに、あにうえ……！　兄上ぇ……ッ！」

びくんびくんと肉を震わせ、身を捩りながら「お許しを……！」と乞うフローランに、

「……もう遅い」

昏《くら》い宣告が下される。

「もう遅い、フローラン！　そなたは俺に火をつけた！　決して解き放ってはならぬ怪物を、野に放ったのだ！」

身を鎧ったような硬さの巨大な逸物が、フローランの体を裂いて、穴を穿つように回転する。その一度ごと――兄が腰を捻るごとに、フローランは高く悲鳴を放った。

「ああああああああ！　ひ、ああああああああ！」

己れの悲鳴の向こうから、兄の取りつかれたような呟きが聞こえる。

――苦しいか、フローラン。まるで生きながら体を食われているかのようだろう。思い知ったか。

俺の、この俺の執着の怖ろしさを……！

鋭い槍の穂先で、腸《はらわた》をこじり回されているかのようだ。フローランが上げる悲鳴と絶叫に、蠟燭の火が揺れる。揺れ続ける。

そして――。

ひく、ひくと呻吟《しんぎん》するように、男を突き立てられた蕾がひくついている。その周囲から、おびただしい白濁液があふれ、尻を伝い落ちる。

滴《しずく》の重みに、しとり、しとりと褥が鳴っている――。

「あに……うえ……」

逆磔刑《たっけい》の罪人のように髪を垂らしたフローランが、もはや絶命を待つばかりのように弱々しく呻いた。

「おねがい……もうゆるして……」

「駄目だ」

ガスパールは肉杭を引き抜きながら答えた。

「許さぬ……」

そして、それから蠟が燃え尽き、火が消えるまでの決して短くない間、寝室には、ねばつく水音混じりに肉と肉を打ち合う音と、それに時折、「ゆるして……」と、か細く許しを乞う声が。

「許すものか――フローラン……俺のフローラン……！　憎い……！　愛しい、愛しい俺の……！」

むごく甘く喚く声が、響き続けたのだった――。

あれから、もう幾度抱かれただろう。

兄が笑顔を見せてくれなくなって、もう幾月過ぎただろう——。

ぱちぱちと、薪の爆《は》ぜる音。

フローランは喉の渇きと、体の奥底に残る甘美な感覚とを覚えつつ、目を覚ました。

「……起きたか」

声を掛けてきたのは、裸体にシャツと下衣を羽織った姿のガスパールだった。たった今まで見ていた夢よりも、随分と痩《や》せている——ということに、フローランは気づく。

夢に見ていたのは、半年前の出来事だ。この男と——実の兄と——こうして、森の中の狩猟館で定期的に忍び逢い、体を重ねる関係となったきっかけの——。

「喉が渇いただろう。ワインを飲むか——？　ひね酒ゆえ、お世辞《せじ》にも旨いとは言えぬが……」

醸造から時間が経過したワインは、風味が抜けて酢のような味になる。次の新酒の季節までは、水で薄めて香辛料で味を誤魔化したものを飲むか、蜂蜜酒で凌《しの》ぐしかない。新鮮な馬や山羊の乳が飲める農民のほうが、こと飲み物に関しては君主や貴族階級よりも恵まれていた。生水を飲むのは衛生上の危険がありすぎ、西方大陸では一般に好まれない。

フローランは体を捩り、ゴブレットを手に近づいて来る兄に、恭しく手を伸ばした。

「兄上が下さるものならば、三年過ぎたワインでも、人の生き血でもありがたく」

「ばか」

ガスパールはつまらなそうに吐き捨てた。

「戯言が過ぎるぞ。俺が本当に毒酒でも差し出したら、どうするのだ」

「毒酒――？」

「東方ではよく暗殺に使われるそうだ。あるいは、高貴の人物に自決を勧める際にもな――」

それを聞いて、フローランは蕩《とろ》けるような微笑を浮かべる。

「兄上が死ねとおっしゃるならば、フローランはいつでも」

「ばか」

熱のない声だった。フローランの自虐思考には、つくづくあきれ果てた――という声だ。

フローランとこうなって以来、ガスパールは笑顔を失った。元来が寡黙な男で、滅多に笑みなど零す兄ではなかったが、今はこの世に絶望しきったかのように、表情までもなくなってしまった。

あの夜――。

カプレットの密使が訪れ、フローランがガスパールを罠に嵌めた、あの夜の後――。

ガスパールはくったりと寝台に沈むフローランに、『安心するが良い。俺はカプレットへは行かぬ――』と、絶望的な表情で約束した。

『そなたが身を挺《てい》してまで国を思う気持ちを、無下にはできぬ。そなたが必要と思うならば、改めて廷臣たちの前で確約しよう。ガスパール・オクタヴィアンは生涯、フローラン二世に忠誠を誓う、と……』

フローランが異母兄の説得に成功したことを知った三臣下は、不穏な顔で舌打ちをしたが、それ以来、ドワイヤンからの干渉はなりを潜《ひそ》めた。

だが、困難なのはそこからだった。ガスパールを手に入れ損ねたカプレット家は、報復のように国境侵犯を仕掛けてきたのだ。いくつかの村が襲われ、焼き払われて、農民たちにも死傷者が出た。

カテル大公家と姻戚関係にあるドワイヤン侯爵家は、サン＝イスマエルが他国からの侵攻を受けた場合、これを救済する義務を負っている。しかしカプレットとのいきさつが不信感を抱かせたのか、それとも、それ以前のウスターシュ将軍への暴行事件が尾を引いていたのか、ドワイヤンは言《げん》を左右にして援軍を出そうとしなかった。

フローランは衝撃を受け、困惑した。君主としての自分の甘さを痛感させられたのである。

『――何ということだ。いかに彼我《ひが》の国力差があるとはいえ、こうも平然と違約されるほど見下されていようとは……！』

だが小国の悲しさで、盟約違反を強く非難することもできず、独力で国を守らねばならなくなったフローランは、ガスパールとその旗下に迎撃を命じた。

そしてガスパールはその命令に、よく応えた。

サン＝イスマエルごとき小国、と侮《あなど》っていたカプレットは、聖地戦争で鍛え上げられ、完璧に統制の取れたガスパール旗下の精鋭に蹴散らされて、這《ほ》う這《ほ》うの体《てい》で国に逃げ帰ることとなった。大国の誇りを傷つけられたカプレットからの侵攻は数度に及んだが、ガスパールはそのすべてを撃退してのけた。

そして軍事的脅威が去った後、フローランは自ら荒らされた村々の手当てと復興に尽くして領民に感謝され、経済的な危機も乗り越えた。細やかで人に気遣いをするフローランは、地味な内政事業に意外なほどの手腕を発揮した。

――いやいや驚いた。お若いカテル大公は気弱で優柔不断と聞いていたが、なかなかどうして、ご成長あそばされたではないか……。

――それはそうよ。『聖地の騎士』の栄誉を受けたバルビエール伯爵とその旗下の軍が後ろ盾につけば、うるさ方の臣下もそうそう大公殿下を軽んずるわけにもいくまいからな。近頃はとみにお振る舞いに自信が漲って、威厳と品格を身につけておいでだと評判じゃぞ……。

――内政のフローラン殿下、軍事のバルビエール伯爵か。どうしてどうして、理想的な連携体制ではないか……。

しかしその一方で、フローランとガスパールは、以前に増して主従のけじめをつけるようになり、ブランシュ城に於て、兄弟が親しく語らう様子は見られなくなった。互いにほとんど視線を交わすこともなく、見ようによっては不仲にも見えるその冷たく事務的なやりとりを見聞きした人々は、「やはりバルビエール伯爵が、大公位を求めて殿下に叛逆する日も、そう遠くないのではないか……」と不穏な噂を囁いてもいる。

しかし事実は逆だった。

フローランとガスパールが、いよいよ抜き差しならない関係に陥ったのは、あのカプレットの特使の一件が持ち上がった夜から、ふた月ほど後のことだ。

ガスパールはその間、カプレットの侵攻撃退とその後始末に東奔西走しつつ、二度と再びフローランには触れまい、過ちを犯すまいと、儚《はかな》い理性の戦いを続けていたが、ある真冬の晩、フローランが武勲を賞するためにガスパールを執務室に呼び出し、暖炉の前でこれからの外交事案について数時間話し込んだ後に、兄弟はふた月前の事件を再現してしまったのだ。

――兄上……。

フローランが、おずおずと兄に誘惑の手を伸ばす。そしてガスパールもまた、その手が触れたが最後だと知りつつ、弟を避けなかった。

ふたりの体重を受けて、執務机ががたりと音を立てる。

――あに……う、っ……。

机上に寝かせたフローランに伸し掛かる際、兄がハンカチを噛ませてきたのは、ブランシュ城の者たちに艶声を聞かれぬようにするためだったろう。兄の意図を察したフローランは、素直に口を開いてそれを噛みしめた。

――うっ……うっ、うっ、ううう……！

後はどちらも夢中だった。ガスパールが息を荒げ、忘我のまま腰を前後に使う動きを、フローランはハンカチを噛みしめ、頤《おとがい》を反らせて受け止める。精が奥深くに放たれ、その熱さがフローランの肉に沁みた瞬間、ふたりは自分たちがとうとう最後の禁忌を犯してしまったことを知った。

人として、許されぬ領域に足を踏み入れてしまったのだと。

もう、引き返すことはできないのだと――。

そうして短く慌ただしく苛《さいな》まれた後で、フローランは身を離した兄に告げたのだ。

——バルビエール伯爵。次から予を抱く時は、ブランシュ城の外で行うことを命じます。毎回こうでは、いつか人に知られてしまいましょうから……。

ガスパールは己れのしでかしたことに茫然としたまま、こくりと頷いた。もはや自分がフローランの体の味を占め、異母弟を抱かずにいられなくなってしまっていることを、苦渋の中で認め、受け入れたのだ——。

こうして、ふたりは公国防衛のために慌ただしく働く合間を縫って、恒常的に情事を持つ関係となり、その場所は大公家専用の狩猟地にある館で——となったのだった。誘うのは主にフローランだが、ガスパールのほうから、言いようのない飢えた目を向けてくることもある。

(——兄上はわたしを、怨んでおいでなのだろうな……)

激しく抱かれ、突き上げられて、「許して……、もう死ぬ……」と泣かされた後、褥に打ち伏して、悩み深い兄の横顔を盗み見つつ、フローランはいつも思うのだ。

今の兄は、人の血の味を覚えた熊のようだ。これは重い禁忌だ、人間のすることではない——と己れに告げつつ、一度フローランの肌に触れたが最後、それを貪りたい衝動から決して逃れることができない。罪と知りつつ、愛する異母弟を諸共に罪の水底へ引き込まずにはおれない。フローランがガスパールを、そんな化物にしてしまったのだ。兄の内に潜んでいた化物の芽に、自らの血肉を与えて、もはや手の付けられぬ怪物に育て上げてしまったのだ——。

『そなたを守り続けることが、俺の誇りだったのだ——!』

すでに遠くなりつつある記憶の向こうから、兄の咆哮《ほうこう》が響いてくる。

『人の心を軽んじ、下に見る！　それを侮辱と言うのだ！　フローラン！』

優しい兄は、それでもあれ以来、フローランに怨み言を吐いたことは一度もない。俺がこんなになったのはすべて貴様のせいだと罵《ののし》られても、フローランにはひと言も返せないのに、ガスパールは、すべての責めをひとりで背負うかのようにむっつりと、厳しい顔で黙りこくっている。

「兄上――いえ、ガスパール……」

ワインを飲み干し、ゴブレットを置いて、フローランは告げる。想いのたけを込めて。

「好きです……心よりお慕い申し上げております――」

今宵の契りは、ひときわ情熱的で、素晴らしく激しかった。高まりきった思いの頂点で、フローランの体に、兄の熱い愛が流れ込んできた。その熱を、もっともっと欲しいと両脚で男の腰に縋りついた瞬間、フローランは自分の心を知ったのだ。わたしもまた、この兄を欲してやまぬのだ、と――。

だが兄は、案に相違して表情筋ひとつ動かさず、椅子に掛けて、暖炉で踊る火を見つめている。フローランが内心期待していた、輝き渡るような歓喜の笑顔は欠片も見られない。

聞こえなかったのか。それとも、信じてもらえなかったのか。フローランは気色ばんで言い募る。

「本当でございます。嘘ではありませぬ。口先だけの戯言でもございませぬ。このフローランは、兄上を――ガスパール・オクタヴィアンこそ、世に唯一の人と……」

「よせ」

にべもない遮りだった。

「聞きたくない――」

「なぜでございますか。あの凱旋の祝宴の夜、兄上はわたくしに素晴らしい愛の告白をして下さったではございませぬか。それなのになぜ、このフローランの告白を喜んで下さらないのでございますか。わたくしが兄上をたばかったことを、まだお怒りなのでございま――」

「そなたは俺を愛したつもりになっているだけだ」

取りつく島もない否定だった。フローランは傷つけられた気持ちで、「兄上……」と絶句するしかない。

「俺のせいだ――」

兄は鍛え上げた筋肉のついたうなじをさらし、うなだれる。常に静かな威厳をたたえる聖地の騎士の、ひどく傷ついた姿がそこにあった。

「俺が、そなたの劣等感の強さと自尊心の低さを放置しておいた報いだ。そなたがこの国の君主として――ひとりの人間としての誇りを身につけられるよう、もっと気を配っていれば……」

ガスパールは苦いものを嚙む口調で吐露する。

「そなたに真っ当な自尊心があれば、兄に体を差し出そうなどとは考えなかっただろう。体を重ねなければ、俺を公国に引き留められないなどと考えることもなかったはずだ。自分はそこにいるだけで愛を受ける資格があるのだと――人の愛を得るのに、何かを差し出すだの捧げるだの、そんな取引など必要ないのだと知っていれば、俺に抱かれようなどと、考えもしなかったに違いない」

火に舐められた薪が、がらりと崩れる。

「そなたが愛というものを――真実の愛とは無償のものだと知らぬのを、もっと重大に考えておくべきだったのだ。正統性に疑問のある継嗣として、人の陰口にさらされながら厳しく育てられたそなたに――人を気遣うことも、人に報いることも義務としか教えられなかったそなたに、欲しいなどと告白すれば、どうなるか、少し考えればわかることだったのに……！」

兄が慟哭を嚙み殺している。フローランは息を呑んだ。

（兄上は、わたしがあの時、カプレットからの勧誘の手を阻止するために我が身を差し出したのだと思っておいでなのだ――）

有力な臣下を引き留めるための「条件」として、体を差し出したのだと。そして半年経った今もなお、そのために兄と寝ているのだと。そうせねばならない君主としての「義務」に耐えるために、ガスパールを愛していると、自らに思い込ませているだけなのだと――。

（馬鹿な……）

そんなことがあるわけがない。そんな馬鹿なことが、あるはずがないのだ。フローランは裸体に敷布一枚を羽織り、寝台を飛び出した。兄のそばに走り寄り、跪く。

「兄上、あにうえそれは誤解です。誤解でございます。わたくしとて貴人として育てられた身。好きでもない男に――まして実の兄に体を玩具にされて、我慢などできるはずがございませぬ！」

「……」

「確かに、あの夜わたくしは、兄上をカプレットのやつばらの手などに渡すわけにはいかなかった。カプレットが貢物として宛《あ》てがった者が、男妾《おとこめかけ》として兄上のご寵愛を受けるなどという事態を、看過するわけにはいかなかった！　でもそれは、君主としてしたわけではございませぬ。わたくしはあの時……ただ単に、兄上がわたくし以外の誰かを抱くのが、許せなかっただけで――」

――そうだ、あれは単なる嫉妬だったのだ。

今さらながらに、フローランは気づいた。

フローランを愛していながら他の男で欲求を解消しようとする兄と、そんな形であっても兄に必要とされる男妾が、どちらも許せなかった。フローランの身代わりに、誰かがあの兄の愛を受ける。そんなことを見過ごすわけにはいかなかった。ガスパール・オクタヴィアン・ド・バルビエールの愛を受ける資格は、このわたしだけが持つのだから……！

「それが――」

ガスパールは跪くフローランから目を逸《そ》らしながら呟く。

「それが、兄を他人に取られるのを嫌がる『弟』の感情ではないと、言い切れるのか、そなたは」

「兄上！」

「それに――そなたの心には、父上から伝えられた俺への罪悪感が、もはや抜こうにも抜けぬ大樹となって生え育ってしまっている。自分でわからぬか？　齢十の頃に出会って以来ずっと、俺を見るそなたの目には、いつもその大樹の影が差していた――」

「……っ」

フローランはとっさに否定できなかった。「ゆめゆめ、兄を粗略に扱ってはならぬ」という父の言葉を金科玉条にしてきたのは、事実だからだ。

兄がふうとため息をつく。やはりな……と言いたげに。

「そなたはそれを——父から受け継いだ『呪い』を、俺への親しみや愛だと思い込んでいるだけなのだ。俺に抱かれるのも——」

ぱちぱちと、薪が爆ぜる。

「俺に抱かれるのも、同じだ。そなたは父上に植え付けられた抜きがたい負い目をどうにか払拭したくて、爵位や領地をくれてやるのと同じように、俺に体を差し出しただけなのだ。そなたは、俺を愛してなどおらぬ。そうだと思い込んでおるだけだ——」

フローランは茫然と、自分のほうを見ようとしない兄の顔を見上げた。

呪い——。

これは呪いなのだろうか。そばにある時も、そうでない時も常に胸の中にある、このガスパールへの飢え渇くような思いの正体は、ただの罪悪感や負い目なのだろうか。自分は、この兄を愛しているのではなく、ただ父の無念をそっくりそのまま受け継いで、償いをしようとしているだけなのだろうか……。

「っ、ち、違う、違う——！」

フローランは兄のシャツに取りすがった。

「違う、兄上、それは違う！　わたしはあなたを愛している。償いなどではない。罪悪感ではない！　わたしは、真実あなたを愛している。心から愛している！　愛しているから、あなたに抱かれたかった。この体を捧げたかった！　ただそれだけでございます！　信じて、信じて下さいませ、兄上、兄上——！」

だがどれほど縋りつき、その巨体を揺らしても、ついには号泣しつつ掻き口説いても、兄は頑なに口元を引き結び、表情を消したままだ。

「あにうえ……」

自分が信じられていないことを、理解を拒絶されていることを、フローランは絶望感の中で悟った。どうしよう。いったい、どうしたらいいのだろう。どうしたら兄に信じてもらえるのだろう。愛しているのと。いったい、どう伝えれば、この胸の中に確かにある疼くような熱と痛みと恋しさを、兄にも同じように感じてもらえるのだろう。

「……兄上……」

フローランは兄のシャツを手放した。そして、幽鬼のようにのろのろとした動きで立ち上がり、椅子に掛ける兄の脚の間に這い込んだ。

「――ッ、フローラン……！」

よせ、と兄が身じろいで逃げようとするのを、許さず、股間に顔を埋める。

チュ……ピチャ……と、生々しい音。

「う……」

たちまち、兄が前屈みになり、金髪の頭に手を置く。引き剝がそうとする動きは、だが可憐で懸命な舌使いの前に、他愛もなく押し付けようとする動きに変わった。

(兄上……どうかお許しを………)

目を閉じ、反応する兄のものの形と大きさを口で感じながら、フローランは兄に心の中で詫《わ》びる。

（兄上のお心に付け込むわたくしを、どうか許して下さいませ）

こうしてひとたび淫らに誘惑すれば、この兄は絶対にフローランを拒絶できない。心を信じてくれずとも、体は熱く抱いてくれるのだ。熱く抱いて、愛してくれるのだ——。

「っ、……ゆ、るせ……！」

はたして、口で詫びながらも、もっとしてくれ、とねだるように、兄は腰を前後に揺らし始める。

「う……ふ、む………！」

喉奥まで押し込まれて、むせかえりそうになるのを、フローランは懸命に堪える。

そのまま従順に、どこまでも従順に兄に奉仕する。そうすることしか、兄に愛を訴える方法を知らなかった。淫乱、と非難されても否定できないほど巧みに、手練《てだ》れの娼婦のように兄のものを舐めしゃぶる。丸い先端。溝の刻まれた雁首《かりくび》。むくむくと肥えた茎。濃く茂る黒々とした草叢《くさむら》。宝玉を入れたような皮袋までを、その桃色の唇で咥《くわ》え、舌で愛撫した。快いとは言えぬ味も、兇暴なほどの形も、すべて味わった。

「——っ、フローラン……っ！」

ガスパールはたまらず、弟の顔に白いものをぶちまける。

熱い滴《しただ》り。独特の匂いと感触——。

フローランは碧玉の瞳を潤《うる》ませ、兄を見上げる。頬に白い穢れを張り付けたまま視線で縋りつくと、兄は、くっ、と顔を歪め、異母弟の痩身を抱き上げ、立ち上がった。

たくましい腕に抱かれ、運ばれながら、フローランは淫らな悦びに震えた。また抱いてもらえる。

あの太々と張る丸太のような肉の槍で、この体を貫いてもらえるのだ――。

「兄上……！」

防寒用の厚い天幕をまくり、寝台に降ろされる。だが期待した接吻はしてもらえず、性急に探られるや、唾液で濡れたものが当てられ、いきなり体重をかけて貫かれた。

「ッ、アアア――ッ！」

重い感覚が体の中心を穿つ。そのまま、復讐の刃を突き立てられるかのように深々とえぐられて、だがフローランはその苦悶を、喜悦しながら受け止めた。

――ああ、兄上だ。兄上がわたしを、こんなにも求めて下さっている。こんなにも、これを硬くなさって、熱く、熱く……！

「あっ、あっ、あっ……ああっ……！」

回される動きが止まるや否や、両脚を抱え込まれ、今度はがむしゃらに滅多突きにされる。世界が揺れているかと思うほどに突き上げられ、寝台が天蓋諸共、壊れそうなほどに軋みを上げる。

「ヒッ……あ、ああっ……！　兄上、あにうえ……っ……！」

「フローラン……フローラン……！」

兄が弟の体を突きながら呻く。

「許せ――俺はそなたを地獄へ連れて行く……。そうせずにはおれぬ……。そうせずにはおれぬのだ……！」

「ああっ、ああっ、兄上、あにうえ……っ！　ガスパール、ガスパール……！」

「そなたを突き放すことなどできぬ……そなたを、間違っていると諭して、救ってやることも、この腕から解放してやることもできぬのだ。許せ、許してくれフローラン……！」

フローランを犯しながら、兄は泣いていた。その涙が、フローランの胸に落ちてくる。熱に浮かされたような睦言と共に。

――このようなこと、して良いはずがないのに。人を愛することを知らぬ哀れな弟を、我欲のために地獄へ巻き込むなど、あってはならぬのに。どうしても止められぬ。どうしても、この異母弟を抱いて、我が物にせずにはおれぬ……！　そなたは美しすぎる。美しすぎ、愛しすぎるのだ、フローラン……！　俺のフローラン……！

ガスパールの口から、おそらくは無意識に漏れる悲嘆の声を聞きながら、フローランもまた、悲しみに沈む。

やはり、兄は誤解しているのだ。誤解したままなのだ。

フローランは、自分を愛してなどいない。罪悪感ゆえに、愛していると錯覚しているだけなのだ――と。

「あに、うえ……」

掠《かす》れた声で違うと抗弁しようとした、その時。

兄が最大限まで膨張したものを、不意にフローランの奥底からごっそりと引きずり出した。

「あうっ――！」

そして乱暴な扱いに痙攣する体の姿勢をうつ伏せに変えさせるや、背後から宛てがい、また貫く。

「ッ……………！　ア、アアッ…………！」

押し貫いてきた先端が、快楽の壺を正確に突き上げる。兄はこの位置を知っているのだ。知ってい
て、それを最もきつく突き上げられる背後からの挿入に切り替えたのだ。

内側から促す動きに、フローランは音を立てて褥に精を放つ。漏らすことを恥じる暇もない。

「ああ……」

手を突いて這い伏せる獣の姿勢で、達した余韻に、ぶるぶると震える。

息を荒げたガスパールは、己れのものをフローランの中に押し込んだままだ。それは、この凌辱《りょうじょく》
の時間はまだまだ続くのだ、と知らしめるように、硬く猛《たけ》り立っている。

ぞく……と、震える。

ちゅくちゅくと、兄がまた動き始める、音。

兄の指が、褥の間に這い込み、胸の粒《つぶ》を探る。探り当て、その可憐な感触を楽しむように指の腹で
揉み上げる。

「あ、あ、あ……ああ、兄上、いい……」

フローランは妙音鳥《フィロメル》に例えられる美声で、淫らな歓喜を歌い始める。

「いい……兄上……いい……して下さいませ……もっと……もっと……お好きなように……ああ……

ガスパール……！」

——感じていると……。

兄に抱かれて、この体が、どれほどの悦びを覚えているのかを、欲望の迸るまま淫らに歌う。

今はそれだけが、この兄の凍てついた心に、想いを伝える手段だった。


サン＝イスマエルに、遅い春がやってきた。

「おや、今年は一番咲きのスミレの献上が、去年より半月も遅かったようだ」

フローランが羊皮紙の上で指先を滑らせながら暦を見比べると、「左様でございますか」と呑気な声が返ってくる。

「確かに、今年の冬はえらく雪が多うございましたな……」

フローランはどこか他人事のような顔の臣下たちに、ちらりと目を上げる。

「それだけ土の目覚めが遅かったと言うことだ。今年の作物の成育にどう影響が出るか、注意深く見守らねばならぬ。それに、バレあたりは山も深いゆえ、積雪で葡萄棚や橋に破損が出ておろう。被害額に応じて、また修復予算を出してやらねばならぬ。他愛もないお天気の話ではないのだ。卿ら、少し呑気が過ぎはしまいか」

呟きつつ羽ペンを動かして素早くサインをする。その様子を、木偶《でく》のように立ち尽くした大中小の三臣下が、それぞれの表情で見ていた。

巨体のヴィシウスは呆気に取られ。

中肉中背のアンブロワーズは拗ねたように口先を尖らせ。

矮軀《わいく》のロランスは不快げに眉を寄せて。

それぞれに、「この若造が、生意気になりおって……」とでも言いたげな顔を並べている。

一時登城禁止処分を言い渡されていた三人だが、その背後に控えるドワイヤンの威光を無視できず、フローランは冬の間に処分を解いていた。だが意気揚揚《ようよう》と登城してきた三人は、ほどなく城の空気が変わったことに気づいたようだ。これまでへいこらとへつらい、おもねっていた群臣団が三人と距離を置くようになり、さらには長く三人の操り人形だったフローランが、自信と意思を持つ威厳あふれる君主に変じていたのである。

「それで、本日目通りを願い出た用件は何かな？」

生来《せいらい》の美貌に凜々《りり》しさを加え始めた主君に見つめられ、三人はどきまぎした顔で姿勢を正した。

「そ、その、あの……」

「城下で、妙な噂を耳にいたしましまして」

「フローラン殿下が、まるで強欲な金貸しよろしく、領民に金を貸して利子を取っていらっしゃると……」

「左様左様、まさかそのようなことはあるまいと思ったのでございますが、あまりにも噂の広がり具合がひどいものでございますゆえ、これは一度お確かめせねばなるまいと」

「ほう」

フローランは桃色の唇の端を、あでやかに持ち上げた。

「それは聞き捨てならぬな」

「まったくでございます。仮にも大公殿下ともあろうお方が卑《いや》しい金貸しなど――」

「いったい誰が漏らしたのだ？　ちゃんと口止めしておいたのに」

「……！」

しらりとしたフローランの口調に、三人はそれぞれの反応で仰天《ぎょうてん》する。

「た、大公殿下！」

「まあ聞け。金貸しと言っても、大して儲《もう》けを出しているわけではない。むしろ逆だ」

フローランは羊皮紙の書類を取り上げ、そこに書かれた数字に目を走らせながら、しらりとした顔で解説する。

「事業の維持費を捻出するためには多少の利子は取らねばならぬが、それも最低限の低利に設定してある。そうすれば、領民たちが高利貸しに金を借りる必要がなくなって、他国から暴利を貪る輩が流入したり、サン＝イスマエルの土地や財が彼奴らの手に渡って、流出したりするのを防ぐことができるゆえな」

さらさら、と涼やかな音は、羊皮紙をめくる音だ。

「それに、融資の対象はこたびのカプレット侵攻で傷を負ったり、命を失ったりした騎士や領民とその家族が、何か商売をしたり新しく農地を開拓したりする資金に限る、と決めてある。以前の戦役で戦傷を受けたり家族を失ったりした者たちが、なぜ彼らばかり、と不満を抱くやもしれぬゆえ、当面、彼らの主君たるバルビエール伯爵と、連帯保証人以外には漏らしてはならぬ、と言いつけてな。本来なれば彼らが生涯生活に困らぬくらいの弔慰金《ちょういきん》を出すべきなのだが、あいにくと我が国の財政事情ではそこまで気前良くは――」

「大公殿下！」

「何だ？」

フローランは碧玉の目でロランスを見つめ返す。矮軀の臣下は、うっと気圧された。

「言っておくが三人とも。君主たる者が領民に金を貸して利子を取るなど卑しい恥ずべきこと、という叱責ならば聞かぬぞ」

断言して執務机から立ち上がり、ことさらに三人の前をかつかつと歩いて、控えていた小姓の手から帽子とマントを受け取る。フローランとはまた色合いが違う金の髪が印象的なこの小姓は、名をディオンと言い、ガスパールが今回の出征に際し、身の回りの世話係兼任の信頼できる護衛として、フローランの身辺に残していったのである。

「この事業は一家の主柱を失ったり、治癒《ちゆ》の見込みのない怪我でもう騎士としては働けぬ者たちが、このサン＝イスマエルで生計を立てていけるよう、予なりに色々と思案して、これが最良と判断して行っていることだ。もっと他に良い方法がある、という提案ならば聞くが、対面だの恥だのという益《やく》体《たい》もない説教で予を説き伏せることはできぬと思え」

「……ッ」

「さて、予は出かけるが——何か他に用件はあるか？」

フローランは三人の顔をこもごも見回し、「ないようだな」と微笑む。

「ディオン、供を頼む」

「はいっ」

完全に木偶と化した三臣下を執務室に残して、フローランはさっさと退室する。帽子を被り、ショールを巻きつけていつものお忍び姿を作ると、ディオンひとりをつれて、従僕用出入り口からブランシュ城を出た。

「先ほどは痛快でございました、フローランさま」

ディオンが「殿下」という尊称をはぶいて呼びかけてきたのは、ささやかな市街地へ出てからのことだ。老若男女の人々が買い物や商売などそれぞれの生活のために行き交い、驢馬《ろば》が引く荷車が、ぎしりぎしりと音を立てて石畳の道を歩んでゆく。

「あの三人に生意気な口を利いたことか？」

フローランが自嘲気味に微笑むと、少年は「生意気だなどと」と気色《けしき》ばむ。

「主君の意向に従うは、臣下の義務ではございませぬか。いかに殿下がまだお若いとは申せ、あのように上から押し被さって意見しようなどと、不忠な……」

「あれらはわたしの母の輿《こし》入れに際してドワイヤンからついて来た者どもだからな。襁褓《むつき》どころか、臍《へそ》の緒をつけていた頃を知るような若造に従う気には、それはなかなかなれぬであろうよ」

可笑《おか》しそうにくすくす笑うその脇を、子供たちの一団が歓声を上げて駆け抜けてゆく。

(元気の良いことだ……な)

わたしの子供時代とは大違いだ、と微笑ましくも羨ましくも思ったその時、子供のひとりが不意にこちらを指さした。

「あーっ、たいいこうでんかだぁ！」

路傍《ろぼう》に響き渡るような甲高い声を上げる。やや年長の子が「バカっ」と叱りつけるや、その子を引きずって街角に逃げ込もうとする。だが、幼い子はめげずに大声を張り上げた。

「でんかー！　ぼくのおかあさんが、たすけてくださってありがとうっていってたよー！」

子らの姿が消えると、路傍の大人たちは、穀物商の親父も、買い物中のおかみさんも、全員が俯《うつむ》いて笑いを噛み殺していた。皆、フローランの下手な変装を見て見ぬふりをしていたのだ。

「……ばれていたようだな」

フローランが肩を竦めると、ディオンは「……仕方がございませぬ」と渋い顔をする。ブランシュ城下はいわば「田舎の宿場町」で、頑是《がんぜ》ない幼児ですら、君主の顔を見知っているほどに、人間関係が濃く狭い。元来、そう簡単に貴人が微行などできる町ではないのだ。

フローランは甲斐のない「変装」を諦めて、帽子を取り、その輝かしい金髪を額から掻き上げた。そして眩しげな顔をしている小姓兼護衛の少年を顧みる。

「あの三人の忠義不忠義は置くとして、ディオン。そなたはどう思う？　君主たる者が金貸しの真似事など、恥ずべきことと思うか？」

「……っ、い、いいえ……」

「一瞬間を置いたな。ふふ、無理もない。そなたも騎士の子なら、金銭は卑しいもの、という考えからなかなか離れられぬであろうからな」

騎士や諸侯にとって、「財産」と言えば領地である。領地を多く持つことは誇りであり名誉であるが、金銭を多く蓄えることはそうではなく、むしろ卑しいこととされている。土地は何があっても消え去ることはないが、金銭などは儚く、かりそめの価値しか持たず、すぐに消えてなくなる幽霊のようなものでしかない——と考えられているからだ。ゆえに土地を持たず、金銭の取引のみで財を築く商人などは、騎士から見れば口先三寸の詐欺師に過ぎず、金銭で金銭を生み出す金貸しときては、ほとんど犯罪者と同義語——というのが、西方大陸諸侯間での一般的な認識だった。

「だがわたしは思うのだ。金というのは、果たしてそう悪いばかりのものだろうかと。悪いばかり、卑しいばかりのものであれば、果たして皆がこれほどせっせと使い、貯めるだろうかと。皆に使われる、ということは、やはりそれだけ良いところがあるからではないかと。剣と同じく、善か悪かは、結局使いようではないのか、と」

「……」

「まして我がサン＝イスマエルは小国。土地から生産されるものに依存せずに、他国よりも豊かで安全な暮らしを営もうとするならば、金銭の力を無視することはできぬ。こたびのカプレットとの紛争で、わたしはそのことを、つくづくと思い知ったのだ」

ガスパールが旗下の軍を率いて出陣する。敵と戦い、勝って凱旋する。だが勝とうが負けようが、戦というものは多額の費用がかかるものだ。ましてこたびのような防衛戦では、敵を撃退したところで領土が増えるわけでもない。

さらには帰還後も、ガスパールは戦傷者や戦死者の家族を労り、自身の財産を割いて彼らが生活に困らぬよう手当てをせねばならない。多くの部下を養う高位の騎士ならば、それは当然の義務ではあるが——戦が続けば、無限に戦死戦傷者も増えてゆく。きりがない。

ガスパールが伯爵という身分を持ちながら、城下の屋敷でさほどの従僕も使わぬつましい暮らしをしているのも、扶持《ふち》に対して出費がかさむからだ。武具一式や馬などはフローランがある程度手当てできるが、それも結局、サン＝イスマエル公国程度の国では自家生産できず、どこか他国から買って来るしかない。それにもまた金がいる。フローランは羊皮紙に書かれた数字を睨みながら、半ば本気で、国内のどこかに金銀の湧く泉がないものか、と考えたものだ。

（それがあれば、せめて経済的な苦労だけでも、兄上にかけずに済むものを――）

ガスパールはどれほど苦境にあろうとも、不満や愚痴など一言半句《いちごんはんく》たりとも口にする男ではないが、暖炉の前で古びた馬具を黙々と修理していたり、肌に塗る香油の質が以前より落ちていたりすれば、それはフローランとて気づくというものだ。「聖地の騎士」のきらびやかな名誉の陰で、ガスパールがどれほど苦しいやりくりをしつつ、サン＝イスマエルの……否、フローランのために戦っているのかを……。

――もはやこの体をどれほど差し上げたところで、一時の慰めにしかならぬ。慰めでは、兄上の労苦に報いることにはならぬ……。

フローランは必死で考えた。知恵を絞った。兄の、ガスパールの負担を少しでも軽くする方法はないか。だがこれ以上兄の扶持を増やすことは、臣下たちもドワイヤンも、また兄自身も承知すまい。何かないか。サン＝イスマエルの国庫を目減りさせず、ガスパールに報いる方法は。

――あった。

それが傷痍《しょうい》騎士とその家族のための小口融資事業だった。恵むのではなく貸すのであれば、彼ら彼女らは必死に働いて返済しようとするし、その結果商売や仕事がうまくいって収入が安定すれば、さらに金を出す必要はなくなる。商売がうまくいくものが増えれば、城下の町の振興にもなり、融資を受けた者以外にも恩恵が及ぶであろう。金を減らさず、人を救えて、感謝もされる。これほど良い方法が他にあるだろうか——。

『……最初からそううまく事が運ぶとは思えぬが』

思いつきはしたものの、「やはり一国の君主が金を貸すなど」となおも躊躇するフローランの背を結果的に押したのは、ガスパールだった。自身の禄を増やす、という話は言下に拒絶した兄も、戦で傷ついた者たちを手当てする制度を作る、という話には反対しなかった。戦場を往来する騎士は、誇りも意地もあるが、それ以上に現実主義者なのだ。

『ものは試しに、小規模なところから始めてみてはどうだ。うまくいけば、少しずつ手を広げてゆけばよい。最初から理想通りの規模でやろうとすれば、失敗したり何か不測の事態が起こった時の傷が深くなりすぎるゆえな』

『ええ、兄上——おっしゃる通りにいたします』

嬉しげに頷くフローランを見て、ガスパールは目を細めた。そして言った。

『己れの見栄や体面よりも、常に弱き者たちを憂い、労る。やはりそなたは父上の血と心を受け継いでいるのだな、フローラン……』

一瞬、その目に情欲を含んだ色が閃《ひらめ》いたものの、ブランシュ城内の執務室、という場所を慮ってか、ガスパールはフローランの手を取り上げ、その白い甲に慎ましく接吻をしただけだった。それは臣下としての、忠誠と敬意の口づけだった――。

がらがら、と車輪が回る音。

フローランは無意識に兄の唇が触れた甲を撫でている自分に気づき、それを恥じた。いけない。こんな真昼間から、しかも危険を伴う微行中に白昼夢に耽《ふけ》るなど、けじめがつかなさすぎる。

(でも、嬉しゅうございました、兄上――)

フローランは家々の庇《ひさし》がせまる狭間から空を見上げ、ひっそりと微笑した。今もまた、国境線に築かれたカプレットの小さな砦《とりで》を潰しに出陣しているガスパールを思う。

兄と心が通じた、と感じるのは、何と久しぶりのことだったろう。ガスパールは相変わらず陰鬱で、フローランの愛情を信じようとせず、淫らで熱い逢瀬を持ちながらも固く心を閉ざしているが、フローランが君主としての能力を高め成長してゆくことには、素直に敬愛の気持ちを表してくれる。フローランを認めてくれるのだ。

(このままわたしが努力をし、良き君主として成長すれば、いつかはわたしの愛を、赦《ゆる》していただけるだろうか……)

赦す――とは、兄をたばかってまで禁断の契りを結んだ罪を許すことだけではない。そうまでして兄を欲したフローランの心を、ガスパールが己れの心に容《い》れてくれることだ。そしてふたりの心が、ひとつに重なることだ。

(兄上――ガスパール……)

城にいても、今こうして街を歩いていても、恋しくてならない。その漆黒の巻き毛が、黒い瞳が、たくましく厚い体が。一刻も早く、逢いたくてならない。

いつか、兄はフローランの愛を信じてくれるだろうか。心を開いて、受け入れてくれるだろうか。自分は、禁を犯してまで愛した相手から充分以上に愛されているのだと、心に沁みて知ってくれる日が来るだろうか。体だけではなく、心も重ねられる日が来るだろうか。兄のあの凍りついた表情が溶け、笑顔を見られる日が来る——と希望を持って良いのならば、自分はいかようにでも良き大公となる努力を重ねてゆくだろうに——。

「フローランさま、通り過ぎてしまいます」

ディオンに呼び止められ、再度我に返る。

フローランは照れ隠しに再度帽子を被り、とある酒場の入り口をくぐって、「いらっしゃいませ」と声を掛けられ、また脱いだ。

もう少し落ち着かねば駄目だな、と苦笑いする目の前に、ふくよかな容姿をした酒場の女主人が深々と低頭して立っている。その横で母のエプロンを摑んでいるのは、意外なことに、先ほど市街の真ん中でフローランの正体を暴露《ばくろ》してくれた元気の良い幼児だった。

「わざわざ足をお運び下さいまして、恐縮でございます。何しろ店も子供もあたしひとりで見ているものですから、出向こうにも出向けませんで……」

「確かに、何をしでかすか、一番目を離せない年頃だからな」

フローランはくすくす笑って気まずげな子供の頭を撫でた。ディオンが背後で、必死に笑いを噛み殺している気配が伝わってくる。

女主人はフローランを店のテーブルに着かせると、ワインに香辛料や干した果実、それに蜂蜜を加えて煮詰めたものを振る舞った。旬を過ぎて風味の落ちたワインをおいしく飲むための工夫だそうで、高価な香辛料を惜しげもなく使っているだけあり、なかなかの味だ。

「酒場をやるんなら、大金をはたいてでもいい貯蔵庫を地下に造って、ワインの味が長持ちするようにしなきゃ駄目だって助言してくれた人がいましてねぇ。でも死んだ主人の持ち物一式売り払っても、そんなお金作れる当てもないし……って困ってたところに、大公殿下が声を掛けて下すって」

本当に助かりましたよ、と返済金をフローランの前に並べつつ、女主人は頭を下げる。

「いや、それは貴女にきちんと店を経営していける意欲と能力があったからだ。他人からの情けに縋ることしか考えていない者には、冷たいようだが金は出せない」

領民に君主が慈悲を垂れることは一見良いことのように思えるが、過度に「御上《おかみ》の情け」に依存させてしまうのは良くないのだ。人間は一度甘い汁を味わうと、努力せずにそれを再び手に入れることばかり期待して生活態度が堕落するし、依怙贔屓《えこひいき》にあずかった者以外には、どうしても「なぜあいつだけ」という不満がうっ積することになる。自活能力のない領民が際限なく増えれば、人心が乱れ、国の財政と秩序が傾いてしまう。そうなればサン＝イスマエルごとき小国は、おそらくひとたまりもない。

「それにしても、貯蔵庫の件を耳打ちしてくれた者は知恵者だな。そんな知識は、貴人の館に代々仕えた者くらいしか知るまいに」

「ええ、ええ、そうですとも。その香辛料を加えたワインのレシピも、その子が教えてくれたんですよ。まだ若いのですけれどもね、何でもお祖父《じい》さんの代から――」

得々としゃべりかけて、女主人は突然口をつぐんだ。おや、とフローランが首を傾げたその時、ふたり分の足音が二階から降りてくる。

「女将さん、世話になったね。いきなり部屋を使わせてくれだなんて、無理を言ってごめんよ……っ、て、ああっ！」

狼狽した声を上げた若い男の顔に、フローランは見覚えがあった。

「そなた、ヤンではないか――」

ブランシュ城の料理人をしている男だ。なるほど、この男ならばワインを保管する知恵も知識もあって当然である。代々カテル大公家の飲食物を一手に取り仕切ってきた料理番の家の人間なのだから。

「こんなところで何をしていたのだ？　二階の部屋を使う、とは――？」

フローランが問いかけると、若いヤンは連れの人間を自分の背に庇うような仕草をした。男の背に隠れる、鮮烈な赤い髪と、広がったスカート。若い娘だ。

「ニナ……！」

フローランは思わず鋭い声を上げてしまった。若い料理人が、昼間から部屋に連れ込んでいた若い娘。それは兄の養育係だった老騎士バリエの孫娘にして、ブランシュ城でフローランの身の回りを整えているニナだったのである。

「フローランさま、あの……」

かつかつと石畳を早足に歩くフローランの背後から、ディオンが遠慮がちに声を掛けてくる。

「何だ」

「あの、あのふたりのこと、どうなさるおつもりでいらっしゃいますか？」

日が暮れかけ、行き交う人々の足音は皆早い。荷車の音すらも、どこかせっかちだ。フローランは
ざわめきに満ちた街かどで、珍しく不機嫌そうに口先を尖らせた。

「あのふたりとは、ニナとヤンのことか？」

「はい、その――」

「城を抜け出して逢引きをしていたことならば、咎めるつもりはない」

というより、フローランには彼らの行為を咎める資格がないのだ。兄と森の中の狩猟館で逢瀬を持つ際、城を抜け出す手引きをしてくれるのは、いつもニナなのだから。

無論ニナは、フローランの逢引き相手がガスパールであることなど知る由《よし》もない。どこかの貴族の令嬢か、あるいは奥方かがフローランの恋人なのだろうと思い込んでいる。そして小娘なりの誠実さで沈黙を守り、好奇心半分ながら、フローランの「秘密の恋」を懸命に応援してくれていたのだ。

そしてフローランもまた、どうやらこっそりと逢う相手がいるらしいニナを問い詰めなかった。いわば共犯関係だったニナを咎めることなど、今さらできるはずもない。

「……ただ、知った以上は放置しておくことはできぬ。ニナは兄上からお預かりした大切な娘ゆえな。ヤンには手をつけた責任を取らせるつもりだ」

つまりふたりを正式に結婚させる、ということだ。このままずるずると男女の関係を続けて、もしきちんと人妻になりもせぬ先から子を孕みでもすれば、それこそフローランはガスパールに合わせる顔もない事態になる。

「幸い、ヤンは働き者の気のいい男で、まだ若いが、料理人としての腕も確かだ。贅沢《ぜいたく》を言えば、今少し身分の高い男に嫁がせて、良家の奥方にしてやりたかったのだが、互いに好きあっている相手がいるのならば、それと結ばれるのが一番幸せであろうしな」

「そうでございますか……」

明らかにほっと息をつくディオンに、フローランは微笑む。

「心配していたのか？　あのふたりなど、そなたは縁もゆかりもないだろうに、優しいな」

「いえ、あの……実は、わたしには一歳年上の姉がおりまして……」

「そうか、そなたより一歳年長であればちょうどニナと同い年くらいだな。息災《そくさい》なのか？」

言ってから、フローランはそれが愚問だと気づいた。ディオンは身寄りを失っていたところを、ガスパールに拾われた子なのだ。果たして少年の顔は、たちまち悲しみに曇った。

「それが聖地遠征の軍が起こしたつまらぬ諍《いさか》いに巻き込まれ、荒くれた騎士どもに寄ってたかって――」

「……そうか……」

「あと半年あまりで、花嫁になることが決まっておりました。バルビエール伯爵がお助け下さったおかげで、その場で殺されることはなかったのでございますが、もう好きな男には嫁げぬと思い詰め、結局、川に身を投げてしまいました。突然のことで、誰も止めることができず――そのまま、死体も揚《あ》がらず、行方知れずになりましてございます」

フローランは絶句した。想像していた以上に悲惨な話だった。愛する男と結ばれる日を目前に、獣欲剝き出しの男どもに寄ってたかってなぶられる。どんなにかつらかったことだろう。そしてガスパールは、おそらく姉の自害を防げなかったことに責任を感じて、天涯孤独の身になったこの少年を連れ帰ることにしたのだ。

「つい先日、風の噂に、姉の婚約者が今も遺骸《いがい》を探し回っていると聞きました。きちんと弔《とむら》わぬ限り、区切りがつけられぬのでございましょうが、姉を暴行した騎士どもはバルビエール伯爵が討ち果たして下さいましたゆえ、無益な復讐心に取り憑かれずに済んだだけでも幸いだったと思っております」

たった十三――いやもう十四になったのか――のディオンが、辛苦を重ねた大人のような口を利く。そのことにまた、フローランは言葉を失ってしまう。小国とはいえ大公家の跡取りとして風にも当てぬよう、子供時代の健康に恵まれなかった以外はまずまず何不自由なく育てられてきた自分が、ひどく甘い人間に思えてくる。

(だからわたしは、もっともっと、政《まつりごと》に献身せねばならぬのだ)

フローランは痛む胸の中で思った。自分が大公位などという晴れがましい地位に就いているのは、あの酒場の女主人や、このディオンやニナや、ガスパール。大切な人を失い、あるいは深く傷つきながら、それでも懸命に健気に前を向いて生きている者たちを守り、幸せにするためなのだから――。

(だから本当は、兄上とのことも、愛されたい、兄上のお心が欲しいなどと、我儘を言ってはならぬのに――）

ディオンの姉のように、当然手にするべきささやかな幸せまでも奪われてしまう者もいるのだ。それに比べれば、禁じられた恋に身をやつし、好きな男に抱かれ、その渾身の愛を受け取っている自分は、何と贅沢な身の上だろう。罪人の身が、我儘を言ってはならぬ。これ以上を望んではならぬ――。

フローランが唇を嚙みしめ、己れの心にそう言い聞かせた時、唐突に変事は起こった。

「フローランさま！」

ディオンの声が響き、フローランは突如、路傍《ろぼう》に突き飛ばされていた。積み上げられていた空樽の山にぶちあたり、ぐっ、と呻って目を上げるのと、ディオンが短剣を抜き放った男と激しく切り結ぶのが、ほぼ同時だった。

「お逃げ下さいフローランさま！」

目立たぬ服装と目深に被った帽子の男の剣さばきは、明らかに手練《てだ》れの刺客のものだった。だがディオンは防戦一方ながら、懸命にフローランを庇っている。

「ディオン――！」

瞬間、フローランは迷った。勿論、一国の君主、という己れの立場からすれば、この場合、ディオンを犠牲にして逃げ、自分の身を守るべきなのだ。そうすることが人の上に立つ人間の義務であり、正しいことだと教えられて育った。だが――。

フローランは壊れた桶《おけ》の木片を摑み、精一杯の力を込めて投げつけた。ディオンに集中していた刺客は、重く密度の高い木片の一撃を額に食らい、仰向けに倒れる。その間にフローランは、ディオンの腕を摑んで走り出した。

「フローランさまっ！」

「すまぬ、そなたの忠義を無駄にした」

フローランは少年と共に石畳を走りながら詫びた。

「だがそなたもニナ同様、兄上からお預かりした大切な子だ。そなたを見捨てて逃げたりしたら、兄上に申し訳が――」

そこへ、悪夢のような光景が押し寄せた。先ほどフローランの一撃で不覚を取った男が、その屈辱を晴らすべく、ふたりに追いすがり、肉迫してきたのである。手練れだと思ったフローランの観察眼は正しかった。この獲物に対する静かな執念は、熟練した猟師のようだ。

「させるかっ！」

勇敢にもディオンが突進する。キィン、と白刃《はくじん》の打ち鳴らされる音。「ディオン！」と叫んだフローランが、まったく技量に自信などない刃を抜き放った、その時。

ぶん、と風を切る気配。

ごすっ……と、鈍く重い音。

「……！」

フローランは目の前に現出した真紅の光景に息を呑んだ。人がひとり、大槍に貫かれて、家の壁に縫い止められ、絶命している。その吊り下がった足元は、文字通り鮮血の海だ。

漆喰《しっくい》塗りの白壁が真紅に染まる、その光景のあまりの無残さに、人々が言葉を失う中、朗々たる大音声が響いた。

「フローラン！　無事か！」

「あ……あにうえ……」

愛馬から飛び降り、石畳を飛ぶように駆けてくる巨体は、甲冑姿のガスパールだ。ひと目で戦場帰りだとわかるほどに殺気立ち、汗と埃《ほこり》にまみれている。数人の騎士が馬にまたがり付き従っているが、皆、似たり寄ったりの風体だ。

「無事だったか……！」

自身が殺した刺客の死体などには一顧もくれず、フローランを抱きしめる。兄の体からは、濃い体臭と血の匂いがした。明らかに戦場から取って返した、そのままの臭気だ。

「国境の砦は、囮《おとり》だったのだ。俺をブランシュから引き離しておくための――。あまりにあっさりと撤退していったゆえ、これはおかしいと慌てて戻ったのだが――よもや刺客を送り込んでおったとは……」

「で、ではこやつは、カプレットの――？」

「戦場で俺を倒せぬゆえ、俺の留守に主君のそなたを暗殺する方針に切り替えたのだろう」

フローランから離れたガスパールは、刺客の体ごと壁に突き立った槍を、片手で引き抜いた。刺客の体が、古びた革袋のように石畳に落ちる。その無残な遺骸にマントをかけたのは、何事か、と顔を出し始めている城下の住民たちを怯えさせないためであろう。

「ディオン、よくフローランを守ってくれた。見事な手柄だ」

不意に主《あるじ》から褒められた少年は、びくりと背を伸ばした。

「は、はい……いえ、でも……閣下が駆けつけて下さらなければ、とてものこと敵いませんでした」

「味方が駆けつけるまで時間を稼ぐのも立派な戦場の働きだ。そなたがおらねば、今頃はフローランが……大公殿下がむくろになっておられたわ」

ガスパールが、ほぅ、と安堵の息を吐く。そしてフローランの前に片膝を突き、臣下としての礼を取った。

「卑劣なる企てに気づくのが遅れ、我が主君に危難をもたらしましたこと、幾重にもお詫び申し上げまする。どうか我が騎士らには、お咎めを下されませぬよう」

「……兄上……」

フローランは胸を押さえ、呼吸を整える。

「いいえ、バルビエール伯爵。詫びる必要はありませぬ。元々、危険を承知で城下を微行したいと言い出したのは予なのです。このことに、予以外の誰ひとりとして責めはありませぬ。それよりも」

それよりも、国境から全速力で取って返してきたのであろうガスパールとその配下たちに、休息を取らせることが先決だ。兄が、この頑強な男が、明らかに疲労困憊《こんぱい》で、片膝を突いたまま立ち上がれずにいる。刺客を倒した一撃で、すべての力を使い果たしたのと——おそらくは間一髪でフローランを救えた安堵とで、気力が萎《な》えてしまったようだ。

「ディオン、兄上に手をお貸しせよ。わたしたちも、とりあえず伯爵邸に引き上げよう」

「はいっ」

「さ、兄上」

フローランは兄の左側をディオンに任せ、自分は右腕を肩に乗せようとした。狼狽したガスパールが「勿体ない」と遠慮しようとするのを、「大公の命令です」と伝家の宝刀を振るって黙らせる。ガスパール配下のひとりが駆け寄り、重い槍を受け取った。

しかし、三人が文字通り肩を寄せ合い、よろよろと三歩ほど歩んだところで、不意にガスパールが天を仰いだ。

正確には、家々の屋根を——。

「兄上？」

屋根の上に何かいるのか——？　とフローランがつられて顎を上げた、その時。

「フローラン！」

兄の頑強な体の下に庇われながら倒れ込んだ瞬間、フローランは何が起こったのかわからなかった。ただ、巨大な雹《ひょう》が降るような音と衝撃が周りを包み、もうもうと砂塵《さじん》が舞い上がる様子を知覚しただけだ。

「——っ……あ、あに、うえ……？」

ぐたり、と重みが掛かってくる。

潰されるほどではないが、逢瀬で馴染んだ重さではない。フローランを征服するために、容赦なく、だが体を傷めぬように優しく伸し掛かってくるときの重さではない。これは、もっと——。

か細い呻き声。血の匂い。

「兄上……兄上っ……？」

兄の胸が顔の上に押し被さっている。その向こうから、ディオンの叫ぶ声が聞こえた。

「捕らえよ！　その屋根の上の男を捕らえよ！　刺客だ！　もうひとり、もうひとりいたのだ！」


野山に緑陰《りょくいん》が濃くなり、葡萄の葉が大きく茂る頃。

諸侯の領地は、にわかに騒がしい空気に充たされる。獲物の肥える初夏は狩りの季節であり、狩りの季節は、すなわち王や諸侯にとっては社交の季節であり――。

そして、戦争の季節である。

西方教会暦二五九年六月。

「ドワイヤンから援軍要請だと？」

フローランは尖った声を上げながら、碧玉の目を吊り上げた。群臣が一同に会する合議の場でのことである。

「断る！　我が公国がカプレットに侵攻されてあれほど苦しんでいる時に盟約に背いておきながら、自分たちが戦争をする段になって援軍を出せとは、厚顔無恥にも程がある！　言語道断だ！」

穏やかで気弱だと言われていた若い主君の、らしくもない剣幕に驚いたように沈黙する群臣からは、やがて、そうだ、その通りだ、と囁き交わす声が上がり始める。長卓に居並ぶ彼らの顔をぐるりと見回す、その動きに、フローランの耳と頬の横で毛先が揺れた。

二ヶ月前、フローランは滝のように長くしていた髪を切った。気分転換でも、容貌を整えるためでもなく、血で汚れて固まった髪は、切って捨てるしかなかったのだ。

『兄上、目を開けて下さいませ！　お願いでございます、どうか目を——！　兄上、兄上……！　ガスパール……！』

自分の血ではない。兄の血だ。刺客に狙われたフローランを庇い、降り注ぐ瓦礫《がれき》を浴びたガスパールの血を、フローランは全身に浴びたのだ。

それ以来、若きカテル大公は、容姿だけではなく、何やら性格までが変わった——と、もっぱらの評判だった。花と蜜と乳脂《クリーム》でできた甘いお人形のようだった顔貌には、時としてきついほどの凛々しさが加わり、誰に対しても物柔らかで、悪く言えば優柔不断だった面影は、今やどこにもない。兄の血の洗礼によって、この弱肉強食の西方大陸で小国が生き抜く厳しさに、ようやく目覚めたのだ——というのが、大方の世評である。

「しかし——大公殿下」

下手《したて》に出ながら不遜なものを含んだ声は、三臣下のひとり、巨体のヴィシウスだ。

「今、ドワイヤンからの要請を断るということは、かの国を敵に回すも同然でございまするぞ」

得々と自明のことを解説するのは、アンブロワーズ。

「左様、左様……。しかもカプレットは、いまだ我が国への侵攻を諦めたわけではない。もしかの大国に挟撃《きょうげき》されでもした日には、それこそ兵馬などいくらあっても足りぬ事態となりまするぞ」

いつもの口癖を先立たせるのは、矮軀のロランスだ。

毎回のことながら、三臣下はドワイヤンの利益を代弁するだけだ。自分たちがカテル大公ならびにサン＝イスマエルの臣だという意識など、欠片もないのであろう。

「ここは今までのいきさつは水に流して、かねてよりの盟約通り、ドワイヤンの陣に馳《は》せ参じるべきではございませぬか」

「それが我が公国を生き残らせる最善の策かと」

「左様左様。一時の感情に走って国を誤るは、暗君のなさりようでございまするぞ」

「ここはひとつ、お怒りは御胸にお納め下されて――」

「我らの進言に従い、ドワイヤンの申し条を容れられるほうがよろしゅうございましょう」

「御一考を――」

三臣下の進言を受けて、会堂がざわつく。いつもながら何という言いぐさだ。我が公国の国益を堂々と他国に売りおって。いやいや、彼奴らの言うことにも一理ある。一時の感情で絶縁などして、今ドワイヤンに見放されては、サン＝イスマエルは終わりではないか。しかし――いや――だが……。

「……感情的なことは置くとしてもだ」

フローランはひとつ息を吐き、気持ちを鎮めた。

「現実的に今、我がサン＝イスマエルに兵馬を出す余裕はない。カプレットのやつばらにあちこちの村を荒らされた上に、本来なれば兵を休ませ、馬を養うべき秋から冬にかけて戦が続いたのだ。我が公国が傷を癒やし、損害を回復するまで、少なくとも一年はかかろう。その間も、もしまた他国からの侵攻があれば、これを撃退せねばならぬ。とてものこと、今、大規模な遠征軍など出すことはできぬ……出せぬものは出せぬ、ときっぱり断るのも経国というものではないか」

「ほ！　経国！」

ヴィシウスがあざ笑うように巨体を揺らした。

「城下の領民に貸す金はあっても、同盟国に貸す兵馬はないなどという理屈が、通用いたすとお思いか！」

「左様左様、ここは領民から租税を割り増して取り立ててでも、盟約を守るが諸侯としての筋でございましょう」

「でなくば、フローラン二世の名は諸国に金貸しの守銭奴として喧伝《けんでん》されましょ――」

どん、と音がした。

三臣下がびくりと口を閉ざし、恐々、視線を送った先に、ひとりの男が座している。

雄偉な長身、浅黒い肌をした頑強な体格ながら、右腕を布で首から提《さ》げ、渦を巻く黒髪の大半を包帯の下に押し包んだ痛々しい姿の男は、ガスパール・オクタヴィアン・ド・バルビエール伯爵だった。いまだふた月前の傷が癒えぬまま、群臣会議に出席していたのである。重々しい音は、彼が健在な左手で長卓を殴りつけて立てたものだった。

「バルビエール伯！　正式な会合の場です！　下品な威嚇はおよしなさい！」

フローランが凛とした声で咎める。ガスパールはむっつりと険しい表情で姿勢を正し、「……申し訳ございませぬ」と呻るように詫びた。

刺客の襲撃事件から丸ひと月の間、ガスパールは床から離れることができなかった。初めの一週間は意識すらもなく、フローラン以下、従僕や側近たちを、文字通り死ぬほど心配させた。

——バルビエール伯爵が亡くなれば、継嗣のない伯爵家は再度断絶。その配下の軍は解散となろう。そうなればまたぞろドワイヤンの息の掛かった彼奴らが力を盛り返し、フローラン二世の短き天下もお終いよ……。

ブランシュ城下に不穏な囁きが満ちる中、しかし大方の予想に反して意識を取り戻したガスパールは、誰もが仰天するような生命力の強靭さを示した。城下のバルビエール伯爵邸から毎日のように届く回復の知らせを祈るように待ちわびながら、だがフローランは一度も見舞いに行こうとはしなかった。国事多難な折であったこともあるが、何より、打ち倒れた姿にせよ、無事に回復を遂げた姿にせよ、兄の顔を見た瞬間に、張りつめた糸が切れてしまうと知っていたからだ。

ゆえに事件後、兄弟が顔を合わせるのは、この合議の場が初めてだった。実にふた月ぶりの対面も、しかしフローランとガスパールは極めて儀礼的に接していた。とても体を張って弟を庇った兄と、庇われた弟とは思えぬほど、ふたりの態度は互いに淡々としたものだった。ガスパールが傷の癒えぬ体で会堂に入ってきた時ですら、兄弟は目を合わすこともなかった。

(……そうしなければ、とても耐えられぬ。とても平静でいられぬ。兄上……！)

必死で平静を装いながら、だが体の芯は今にも崩れ落ちそうに震えているのがわかる。

(ガスパール、ガスパール……！　ああ……！)

今、ほんの少しでも理性にほころびができれば、身の破滅も厭《いと》わず、群臣たちの目前で貪りついてしまいそうだ。抱きつき、口づけ、すべてを振り捨てて、いっそこのまま共に火刑台へ——と、満座の前で禁断の愛を告げてしまいそうだ――。

「我が主君《モン・セニュール》、ならびにお集まりの諸卿らに申し上げる」

その兄が、にわかに起立し、朗々たる声で発言の許可を求めた。

「ドワイヤンからの援軍要請――我がバルビエール伯爵家の郎党には、応じる用意がある」

フローランはハッ――と息を呑み、合議の場の空気は、ざわざわと波立つ。

ひとり、発言するガスパールのみが、無風の日の水面のように平静だ。

「幸い、ふた月前の最後の出陣はさしたる戦闘もせず帰還できたゆえ、我が軍の損害は軽微にして休養も充分。我が身の傷もどうにか癒えて参ったゆえ、ドワイヤンの意に添う程度の戦《いくさばたら》働きはできよう。ましてサン＝イスマエルの安寧と我が主君の名誉が懸かっているとなれば、これを拒む理由は――」

「なりませぬ！」

フローランは首座から立ち上がって制止した。矢のように鋭い制止に、満座の群臣が緊張する。

「バルビエール伯爵、いかに配下の軍が健在であろうとも、指揮官の卿がその体で戦場へ行くなどもってのほか。むざむざ命を捨てに行くようなものです――！」

「我が主君《モン・セニュール》――」

「卿の身は卿だけのものではない。今やバルビエール伯爵とその郎党の力無くしてサン＝イスマエルは成り立たぬのですよ！　ドワイヤンの意に背かずに済んだとしても、卿の力が削がれれば、結局我がサン＝イスマエルの未来はないのです。伯爵、卿を行かせることはできませぬ。卿を人身御供《ひとみごくう》に差し出すことはできませぬ！　たとえ、ドワイヤンと絶縁することになったとしても――」

「それは」

ガスパールがフローランに抗弁しようとしたその時、「申し上げます！」と会堂に駆け込んで来た者がいる。

「申し上げます！　ただ今、国境線にドワイヤンの旗を掲げた一軍が現われたと報告が——！」

「何っ！」

フローランが鋭い声を上げ、ガスパールは、半ば予想していたかのような声で問い返す。

「将軍旗は誰のものだ」

「し、白地に赤い一角獣。あれはウスターシュ将軍のものかと……」

ウスターシュ……！　フローランは怖気《おぞけ》上がるようにその名を口にする。ガスパールの視線が己れの顔に注がれていることに気づいたが、かろうじて、そちらに目を向けることは堪えた。満座の前で、主君が誰かに縋ることは許されない。

つまりこれは、威嚇だ。増長し、自分たちの意に従わなくなったフローランに対し、援軍を出して恭順《きょうじゅん》の意を示さねば、すぐさまサン＝イスマエル領内に侵攻し、国境の村々を荒らして回るぞという、ドワイヤンの脅迫なのだ。

「援軍要請と同時に一軍を派遣とは、随分と手回しの良いことだな」

蒼白な顔のフローランを横目に見て、ガスパールが重々しい、だが平静な声を絞り出す。

「まるでドワイヤンの意を受けた狐どもに助勢が要ることを、見越していたかのようではないか——そうであろう？　御三卿」

ガスパールの眼光を浴びて、ヴィシウス、アンブロワーズ、ロランスの三人がそれぞれの反応を返す。巨体のヴィシウスはふてぶてしく嘲笑を浮かべ、中肉中背のアンブロワーズは無表情に、そして矮軀のロランスは、ふたりの後ろに隠れるように。

「寄らば大樹の陰。すべてはこのサン＝イスマエルの安寧のためでございまする」

「左様左様」

「それとも、あくまで意地を通し、ドワイヤンに対し反旗を翻し、ウスターシュ将軍の馬蹄《ばてい》に故国の土を踏み荒らさせまするかな……？」

おそらくこの三人は、力を強めつつあるフローラン・ガスパール連合に抗するには、もはや自分たちだけでは力不足だと判断し、ドワイヤンに縋ったのであろう。そうして背後の保障を取り付けた上で、フローランに相対していたのだ――。

フローランが沈黙し、蒼白な顔で震える中、会堂には悲痛な空気が満ちた。

「カプレットに続いてドワイヤンに攻め込まれれば、サン＝イスマエルはお終いだぞ……！」

「それに麦や葡萄が育ち始めている今の時期に村を荒らされたりしたら、秋の収穫量が落ち込んでしまう。貧しいところでは、冬を越せずに餓死者が出るやもしれぬ――！」

「……だからと言って……こうまで我が公国を見下した真似をされて、のめのめと言いなりになるなど、あまりにも……」

「馬鹿者、一文にもならぬ意地だの誇りだのになど拘泥《こうでい》している場合か！　今は公国を守るが最優先であろう……！」

ざわつく空気を両肩に背負って、フローランは長卓に手を突く。

「バルビエール伯爵……」

掠れる声。

「卿に……卿に出陣を命じます。ドワイヤンの要請に応じて……援軍を……」

若い主君の悲痛な声に、会堂が水を打ったように鎮まる。

――あの怪我のバルビエール伯爵を戦場へ送るなど、死ねと命じるようなものだ……。

凍りついたような空気の中、ガスパールが重厚にして優美な物腰で立ち上がる。そして、異母弟であり主君でもあるカテル大公フローラン二世の目前に、ふわりと跪いた。

「御意《ぎょい》に――」


――その夜。

「大公殿下、大公殿下……」

すでに蠟燭の火も消えた夜半、フローランの寝室の扉を、ほとほとと叩く者があった。若い娘の声は、ニナ・バリエのものだ。

「ニナ？　どうした、何があった？」

暗闇の中で身を起こし、起きていることを知らせるために声を発すると、「その……」と言いよどむ気配が扉の向こうから伝わってきた。

（ヤンと痴話《ちわ》喧嘩でもしたか）

すでに結婚式の日取りも決まり、人生最良の日々を送っているはずの娘の切羽《せっぱ》詰まった声に、嫌な予感が湧き上がる。フローランは寝台を降り、室内履きを履くと、寝衣の上にショールを羽織り、少し考えて——涙でぐっしょり湿ったハンカチで頬を拭《ぬぐ》った。すでに涙は止まっていたが、頬に痕が残っていない自信はなかったのだ。

「お入り」

促すと、扉が開く。ニナが持つ蠟燭の光に、闇に慣れた目を射ぬかれて、フローランはうっと手をかざして遮る。

意外なことに、ニナはひとりで入室してきたのではなかった。少女の華奢な体の後ろを守るように、片腕を吊った黒い巨体の男が付き従ってきたのだ。

「兄上——」

フローランは茫然と、蠟燭の光に照らされる兄の顔を見上げる。ニナは寝室にあった燭台に火を移すと、「どうぞごゆっくり」と一礼し、そそくさと寝室を後にする。フローランが「待て」と制止する暇もない。主君の寝室に臣下とはいえ男ひとりを残すなど、城に仕える侍女としてはありうべからざる行動だが、亡き祖父の主君に当たるガスパールは、彼女にとって警戒すべき人間ではないのだろう。

「フローラン」

ガスパールの重い声が降ってくる。フローランは息が止まる思いで、兄から視線を逸らした。

「来い」

兄が、命令するような声で告げる。

「来い、とは、兄上――？」

「狩猟館だ」

「……ッ」

フローランは全身をビクつかせる。

『――今宵……』

合議が終わり、群臣たちが退出してゆく中、兄の口からひそりと残された囁きの意味を知りながら、フローランは誘いに応じなかったのだ。

「――ゆ、行けませぬ……」

兄の強い視線を感じながら、フローランはショールの胸元を掻き合わせる。

「行けませぬ、兄上……今宵は、お館へお戻り下さいませ」

「なぜ」

兄の声の低さに、フローランは怖気上がりながらも引こうとしない。

「なぜと言って――兄上のお怪我に障りましょう。快癒まではまだようやく半分だと医師からも
――」

「フローラン」

ガスパールの声に、甘さが混じる。いよいよこれから、自分を愛撫して狂わせようとする寸前の声

だ――と、フローランにはわかった。

「理由はそれだけなのか？　俺の誘いに応じなかった理由は――俺の体を案じた、それだけか……？」

「……ッ」

「そうか」

ほ……と息をつく気配。

「俺に抱かれるのが、もう嫌になったからではなかったのだな」

ガスパールのものとも思えぬ気弱な言葉に、フローランはぎょっと兄を凝視する。

「こ、このフローランが兄上を嫌うなどあり得ませぬ！　わたくしはただ、せめて兄上のお体にこれ以上のご負担をかけぬようにせねばと――！」

フローランの抗いを、ガスパールは最後まで聞こうとしなかった。健在なほうの左手でむずとフローランの腕を摑むと、は、と息を飲む間もなく、異母弟の痩身を肩に担《かつ》ぎ上げてしまう。

「あ、兄上！」

「暴れるでないぞ、フローラン」

兄が脅すように告げる。

「俺の体に負担をかけたくない、という言葉が真なら、抗うな。そなたがどれほど拒もうと、俺はそなたを攫《さら》ってゆく。そなたが抗えば、それだけ俺の負担が増すのだからな」

「……兄上……」

担がれて、本当に寝室から運び出されながら、フローランは自分を抱き上げる兄の強い意志に満ちた力に、胸を締め付けられた。

——本気なのだ。本気で、兄上はこれから、わたしを狩猟館に連れ出して……。

逆らうことなど、できるはずもなかった。心情的にも、膂力《りょりょく》の上からも。

片腕しか利かない兄に易々《やすやす》と連れ出され、たくましい黒馬の鞍に乗せられて、たちまち、森の中へと攫われる。朝になって大公の不在が知れたら騒ぎになる、という後の憂いは、「朝までには戻してやる」と囁く兄の言葉を信じるしかなかった。

若い葉を茂らせた梢《こずえ》で、ふくろうが鳴いている。闇の中を兄と共に騎行《きこう》し、狩猟館にたどり着くや、鞍から降ろされ、荷物のように室内の寝台に投げ落とされた。

乱暴なしざまに、兄がもはや欲情を堪えかねていることを知る。

「兄上——！」

寝台の軋り。衣服を剝き上げてゆく手。室内は、熾されてから時間の経った暖炉の火が細々とした光を放ち、ひどく暗い。

性急に伸し掛かられ、大量の獣脂の軟膏を塗り込められる。太い指が慌ただしく出入りし、痛みと異物感に呻く唇を舌で割られた。

「ン——！」

接吻ではなく、もはや口を犯されているかのような貪りだった。突き込まれた舌に柔らかい口腔《こうこう》内を蹂躙され、唾液が零れ、体がのたうつ。男に食われているかのような感覚に、くらりとめまいがし、妖しい悦びが目覚めていくのがわかった。

乱暴に扱われ、蹂躙《じゅうりん》され征服されることに喜悦する、妖しく淫らな悦びが——。

「あに……うえ……」

胸の尖りに齧《かじ》りつかれながら、フローランはだが、最後の抵抗を試みる。

「いけませ……！　お怪我に、障る——！」

「構うものか。それに——」

兄はそう告げるなり、すでに膨張しきっていた硬いものを突き立ててくる。

「あ、ぅ……！」

「いつぞや、存分にしろ——と言ったのは、そなただ」

先端が入口をぬるりとくぐる。

こじり回されるような動きに、フローランはとっさに褥を摑むのが精一杯だった。いまだ傷の深い兄の体に摑まるなど、できようはずもない。

「…………ッ……！」

兄ができるだけ楽に、力を使わず挿入できるように、大人しく身じろぎを堪える。フローランにとっても拓かれるのは久しぶりだ。肉と骨が軋みを上げながら男を呑んでいく感覚に、ひたすら耐える。

「フローラン、フローラン、声を堪えるな」

挿入した肉洞のあまりのきつさに呻きながら、兄が囁く。

「久々に聞かせてくれ。妙音鳥《フィロメル》の如きそなたの美声を」

「い……いや……！」

「なぜだ？　そなたをこうした時、苦悶しながら熱く熟れてゆく声は、極上の美酒の如く甘いものを――」

「あにうえ……」

「そら……ここを、こう突くのはどうだ。それとも、ここを擦り上げるほうが良いか……？　ん……？」

「ああ……！　あ、あにうえ……！　あああ……！」

弦を弾かれたリュートが官能に満ちた音色を響かせるように、フローランは兄の腰使いに声を放った。右に回されて喘ぎ、左にえぐられて悲鳴を上げ、男の体の下で淫らに歌う妙音鳥《フィロメル》となる。

「熱いな」

肌を打ち合う音が響くほどに突き込みながら、ガスパールが感嘆の声を上げた。

「そなたの中――怖ろしいほどに熱い。柔らかく、濡れて熱い……これを感じたかったのだ、フローラン。これを感じて初めて俺は、生きている、という感慨を取り戻せる――」

深く息を吸い込んだ兄の腕が、フローランを抱きすくめる。

「恋しかった……逢いたかった、フローラン……！」

つ、と息を詰めて、兄が胴震いした。中で放たれたのがわかり、フローランを仰《の》け反らせる。

「兄上――っ」

震えたのは、フローランも同じだ。生きている、という感慨に浸ったのも同じだ。兄は、ガスパール・オクタヴィアンは、確かに生きている。今ここに、こうして、生きている……！

涙を流すフローランの頰に口づけ、兄がまた充溢《じゅういつ》し始める。それを感じて、フローランは慌てて身

じろいだ。駄目だ、これ以上溺れては――。

「い、いけな……あにうえ、あにうえどうか、もう……！」

「拒むな、いかせてやる」

「やめて……！　ああ、だめ……！」

官能の蜜に深く沈められるように愛されながら、フローランは哀願した。だが「もう、しないで……」と喘ぐ唇を甘く吸われ、揺さぶり上げられた瞬間、言葉とは裏腹に、あえなく散り果ててしまう。

「……ッ、あ……あ……」

フローランが漏らした無念そうな声に、ガスパールは、体を離しながら「どうしたのだ……？」と問う。

「今宵は、随分と抗うのだな……」

「……ッ」

「いつもは――苛んでも苛んでも、『兄上、もっと……』とねだるほどなのに」

「兄上――」

「やはりもう、愛想が尽きた、ということか……？　もう俺に――実の兄に喘いで見せるなど、気持ちが悪くなったのか……？　それとも、とうとう……」

ガスパールの声が昏さを帯びる。

「とうとう、俺を愛しているふりをするのが、嫌になったのか……」

「違います！」

フローランは飛び起きるように身を起こし、兄の鼻先に迫った。

「違います、兄上！　フローランはただ、苦しくて――心が苦しくて……」

「苦しい？」

「だって！　わたしは兄上のために、何もして差し上げられない！」

悲鳴のようなそれは、長く胸の奥に渦巻いていた悲しみだった。身を斬るような呵責と悲嘆が、ついにこの瞬間、堰《せき》を切った。

「兄上は昨年来、このフローランの命じるまま、あちらの戦場からこちらの戦場へ駆けまわり、サン＝イスマエルを守って下さった。のみならず、わたしを助けるために、ご自分の命を擲《なげう》とうとさえなさって――」

頭上から第二の刺客が瓦礫の雨を降らせた瞬間、ガスパールは一瞬たりとも躊躇しなかった。自分の身を盾にしてフローランを守り、あやうく命を落としかねないほどの重傷を負った。そのことひとつでも、フローランはあまりの済まなさにガスパールの顔を見ることもできなかったのに、今度は、さらに――。

「わたしはそんな体の兄上を、ドワイヤンへの人身御供に差し出してしまいました――。戦って戦って、命を賭けて尽くして下さったことへのお返しがこれです」

「……」

「わたしは兄上のお命とサン＝イスマエル公国の安寧とを秤《はかり》にかけて、公国を選んでしまった。亡き父上が兄上の母君にしたことを、結局また繰り返してしまった！　何と無力な――何と情けない……兄上に赦していただけないのも、信じていただけないのも道理――それなのに……！」

「フローラン」

「兄上はこんなわたしを一心に欲して下さる……！　こんな貧弱な体ひとつなど、褒賞《ほうしょう》にもなりはしないのに、それなのに……わたしを全身全霊で愛して……！　愛して、感じさせようとなさって下さる……！」

「フローラン！」

「わたしにはそんな資格などないのに！　兄上に愛される資格など！　兄上に、こんなに愛していただける資格など――！」

フローランにはわかっている。どんなに乱暴に貪っている風を装おうとも、兄の愛撫にはどこかに優しさがある。自分が感じるよりも、フローランが感じて乱れる様を悦ぶ。その艶声に耳を澄ませ、妙《たえ》なる鳥のようだと愛しむのだ。

自分が兄を愉しませているのではない。自分のほうこそが兄に、悦びを与えられ、慰められているのだ。守ってもらい、抱いてもらい、愛してもらって、すべてを与えられているのだ。それなのに、自分はその兄が死地に行かされることを防げなかった――。

「フローラン」

兄の手が髪に伸びてくる。短くなり、耳の横で跳ねる黄金の毛先を指先で愛撫しつつ、ガスパールはフローランの目を覗き込んだ。

「フローラン、俺は戦働きなど少しも苦ではない。何度も言っただろう。俺の真の望みは、そなたが安寧に幸福に生きていてくれることだけだと」

「兄上……」

「フローラン二世はいまだ若いが、すでに立派な名君だ。領民を思い、国を思い、強国でも富国でもないサン＝イスマエルを背負って、迷い苦しみながらも国主としての務めを投げ出そうとはせぬ。弱々しく頼りなくはあっても――いや、だからこそ、騎士ひとりが命を賭けて仕えるに値する、このガスパールの、かけがえのない主君だ。そなたには充分、俺に死ねと命令する権利がある。サン＝イスマエルのために、自分のために死んでくれと命令する権利がな」

「……ッ……」

「それなのに、そなたは俺を死なせたくないと泣いてくれた。俺とその郎党を守るために、あの強大なドワイヤンに逆らおうとまでしてくれた。そして最後の最後には、俺の命ではなくサン＝イスマエルを守ることを選んだ……フローラン」

兄の腕が、フローランの痩身を抱きすくめる。征服するための抱擁ではない。ひたすらに慈しみ、愛しむ抱擁だ。

「俺があの時、どれほどそなたを愛しいと思ったか――死地へ行けと命ぜられた瞬間、この身を突きぬけるほどの悦びを感じたか、そなたには到底わかるまいな」

「あ、に……」

フローランは薄闇の中で目を凝《こ》らした。見間違いでなければ、兄の顔には、うっすらと微笑が浮かんでいるように見えたのだ。

あれほど焦がれた、兄の笑顔が――。

だがフローランがそれを確かめる前に、ガスパールはとさりと異母弟の体を褥に横たえてしまった。

そして再び、濡れた部分に指を入れてくる。

「ん！」

つぼを心得た指使いに、フローランは思わず頤を反らす。その顔を賞玩するような視線を注がれていることが、兄の息遣いの近さからわかり、羞恥に両脚が捩れた。

「あ、兄上、や……」

「フローラン、俺は今日、悦びのあまり、あやうくそなたをあの場で押し倒してしまうところだったのだぞ。そなたに接吻して、衣服を剝ぎ取り、熱い槍をそなたの腹に突き刺して、愛していると――たとえ血を分けた実弟であっても愛していると、言葉でも肉体でも訴えずにいられぬ心地だった……」

「……っ！」

音を立てて、中で指がくじられる。小さく達してしまったフローランが羞恥に目を逸らすのを、ガスパールは顎を摑んで引き戻した。

「それなのにそなたは、俺の顔を見ようともしてくれなかった」

「兄上……」

「俺の血を浴びた衝撃で、心が醒めてしまったのか。もう、この兄に粘着されるのが嫌になったのかと、どれほど懊悩《おうのう》したことか――フローラン……！」

「ああ……っ……！」

再び突き立てられ、貫かれて、フローランはガスパールの体の下で悩ましく身を跳ねさせた。荒い息に上下する胸の上に伸し掛かり、兄がやはり息を荒げているのがわかる。

「フローラン……俺のフローラン……！」

ゆっくりと腰を前後に使い始める動きに、フローランは息を飲み、身をうねらせて儚く逆らおうとする。

「あ、兄上、もう……これ以上過ごされては、本当にお怪我に障る……！」

「駄目だ」

フローランの制止にもならぬ制止を、ガスパールは退けた。

「止まらぬ……！」

その呻きは脅しではなかった。フローランは数え切れぬほど兄に「愛している」と囁かれながら、同じ数だけ苛まれ、押しひしがれるように犯された。療養のために禁欲を強いられていた兄の精力は果てがなく、愛されているのか、それとも復讐されているのかも判然としない情事は、空が白み始めるまで続いた。

自分の上げる艶声ではない、本物の妙音鳥《フィロメル》が鳴いている声を、フローランは聞いた。

「あに……うえ……」

薄い胸を波打たせながら、か細く喘ぐ。

「好きです……心から……」

「フローラン」

「……どうか、信じて…………兄上……！」

必死で訴えるフローランの顔を見ながら、ガスパールは動きを止めた。

しばし、考え込む気配。

やがて繋がったまま、兄は体を倒し、フローランに苦しい姿勢を強いて、接吻してきた。

「……そなたを愛している」

静かに吸いつき、静かに離れて行った唇が囁く。

「それが俺のすべてだ——」

「……兄上……」

それはおそらく、フローランにどのような仕打ちをされようと、フローランの心がどのようなものであろうと、もはや構わぬ。すべてを許す——という意味だったろう。

フローランが碧玉の目で見た兄の顔は、どこまでも優しく、だがひどく寂しげで、深い諦めにも似た空疎《くうそ》な微笑が浮かんでいたのだから。

(——兄上……！)

兄がフローランの罪を許しはしても、その愛を信じてくれてはいないことを——。

そして兄が、許すと同時に、長く渇望してきた何かを諦めようとしていることを、フローランは悟った。

朝を告げる鳥の声が、頭上の小窓から光と共に降ってくる。

城内の広場のほうから、甲冑や武具のがちゃつく音や、馬のいななきが聞こえる。

まだ夜が明けて間もない時刻だが、出陣式の準備は、すでに着々と整えられつつあるようだ。

金具の音ががちゃりとして、扉が開いた瞬間、ニナを引きつれた女官長が「んま」と声を上げた。

冷涼な空気に満ちた祈禱室の中で、フローランが薄い寝衣一枚に裸足、という姿で跪いていたからである。

「殿下……！　まあ、何ということ……！　いったいいつからそのようなお姿でここに？」

「……」

蒼白な顔色を尋常ではないと思ったのだろう。女官長はつかつかと近寄ると、幼児の世話を焼く母親のような仕草で、フローランの肩と額に手を触れた。

「まあ……こんなに冷たくなられて……！　まるで氷のよう……！　まさか夜通しここに？」

「……ああ」

「一睡もなさらずに？」

「ああ」

「ままあ……何ということを殿下！　お小さい頃、少し薄着で城の中を歩きまわられただけで、何日も高いお熱にうなされたことをお忘れですか！」

「女官長、わたしはもう大人だよ。しょっちゅう寝込んでいた幼児の頃と一緒にしないでおくれ」

「ですが……！」

穏やかに女官長の心配を制しつつ、フローランは微笑んだ。

「それに、本当ならばこの程度の苦痛を捧げる程度では駄目なのだ。いっそわたしの命を差し出すくらいでなければ……神も願いを聞き届けてなどくれないだろう」

「殿下……」

女官長とニナが、同時に痛ましげな表情を浮かべる。

無論、彼女たちも承知しているのだ。フローランが今日、出陣してゆくガスパールの無事を祈り続けていたのであろうことを。

「そんな、お命と引き換えでなければ、などと――悲しいことをおっしゃらないで下さいませ。殿下ほどお心も行いも清く正しい方の願いを、神がお聞き届けにならないはずがございませぬ」

「……」

フローランは女官長の言葉に、ひっそりと苦笑した。この善良な婦人は知らないのだ。フローランが、夜毎どれほどの――。

「殿下、あの、どうかこれを……」

女官長の後ろから進み出たニナが、怒られるかな、という顔をしつつ、自分の体温の移ったショールを差し出してくる。

「侍女の身に着けたものを羽織って下さいなんて失礼でしょうけど、お部屋に戻られるまでの間だけでも」

小娘の素朴な心遣いを、女官長は咎めなかった。フローランもまた、苦笑しつつ、「うん、ありがとう」と頷く。

「でも、式典の支度をする時刻までは、まだ時間があるだろう？　もう少しここにいさせておくれ」

「殿下！」

「お願いだよ」

穏やかながら有無を言わせぬ口調に、老若ふたりの女たちは、それぞれに不承不承な表情で引き下がる。女官長はニナを先に退出させると、「せめて後ほど、温かいものをお召し上がり下さいませ」と言い置いてスカートを広げ、一礼して扉を閉ざした。

天窓から差し込む朝日が、高さを増してゆく。

（……殿下ほどお心も行いも清く正しい方――か）

くすくすと笑う。彼女たちに悪気があるわけはないが、大層堪《こた》える皮肉だ。血統上の真実はともかく、実の兄――と教会法に定められた相手と抜き差しならない関係に陥っているこの身が、清く正しいわけがないのに。

「そうだな……散々神に背いたこの身の祈りなど、『悪魔の善行』くらいお笑い草だな――」

それでも今自分にできることは、ガスパールのために祈ることだけなのだ。どうか、無事の帰還を――この命と引き換えにでも――と。

「……兄上……！」

不意に込み上げるものがあり、フローランは祈禱台に手を突いて嗚咽《おえつ》した。

今日、兄は行ってしまう。怪我の治りきらぬ、不自由な体で、生きて帰れぬかもしれぬ戦地へ――。

「兄上……！　兄上……ッ！」

――もう二度と会えない……。

押しつぶされそうな悲嘆が襲ってくる。それはもうほとんど、予感と言っても良いほどのものだ。

――きっともう、二度と会えない……。

兄は帰って来ない。帰って来ない。ドワイヤンはおそらく、これまでの叛逆の報復に、あるいは増長し続ける属国の力を削ぐために、わざと生還の望みのない場所へガスパールを追いやるか、敵軍の前に囮として放り出すかするだろう。あの体でそんなことをされて、生きて帰って来れるはずがないではないか――。

「フローラン！」

その時いきなり、何の声かけもなく扉が開き、低い声が響いて、フローランは飛び上がるほど驚いた。振り向けば、兄のガスパールが、出陣の支度をすっかり整えた甲冑姿で、つかつかとこちらへ歩いてくる。

「兄上……」

むっつりと怒りを浮かべた表情のガスパールは、茫然と跪いたままのフローランに歩み寄ると、手っ甲を嵌めた左手でいきなり頬に触れてきた。そして「冷たい」とひと言呟くや、猫の子でも摘まみ上げるような仕草でフローランの襟首を摑み、すとんと椅子に座らせてしまう。

「この馬鹿者が。全身がすっかり冷え切っているではないか。夏も近いとはいえ、夜の寒さを舐めると痛い目に遭うぞ」

「……兄上……」

「おまけに一晩中、裸足で石床に跪いていただと？　まったく――」

兄はフローランの片足を掌《てのひら》に載せ、その蠟のような血色の褪《あ》せた色を見て、「愚かな」と眉を顰《ひそ》めた。ぬくもりを取り戻そうと手でこすり、それではもう追いつかぬと悟ると、ためらいもせず、足指を口に含む。

「兄っ――！」

「大人しくせぬか」

兄の口に一本一本出し入れされ、ぬるり、と指の股を舐められる。

「あ、にっ……！　兄上、い、いや……っ」

あろうことか、その刺激でフローランは勃起してしまった。ここは神聖な祈禱室なのに。もうじき出陣の式典も始まるのに――と悶えながら、湧き上がるものを必死に堪える。

ガスパールはそれを知ってか知らずか、ぴちゃぴちゃ……と無心に音を立て続けている。

「フローラン……」

そしてすべての指を舐め終え、花びら色の戻ったつま先に接吻しつつ、ガスパールは囁く。

「我が主君《モン・セニュール》……フローラン二世殿下。かけがえのなき御方よ」

真摯な声だ。

「どうかご案じなきよう……我が主君のお望みとあらば、このガスパール、どのような地獄からも、必ず生還して参りますゆえ」

「兄上」

「さすがに、この体ゆえ、五体満足で——というわけにはゆかぬかもしれませぬが……」

そこで兄は初めて目を上げ、フローランの顔を見た。

黒曜石《こくようせき》の瞳と碧玉の瞳が、真正面から視線を絡ませる。

「それとも、手足の一、二本、無くなった姿になった俺など、嫌か——？」

深刻な表情で問われて、フローランはぶるぶると首を振った。

「どのようなお姿になられようとも、フローランが兄上を嫌うなどあり得ませぬ！」

「なら、待っていろ」

ガスパールは挑むような眼光と共に告げた。

「俺を信じて、待っていろ。そなたに俺の執念深さを見せてやる。そなたに、己れがどれほどひとりの男に執着されているか、とくと思い知らせてやる」

「……っ」

「約束だ」

ガスパールは最後に音を立ててフローランの足の甲に接吻すると、立ち上がって身を翻し、マントをさばいて、祈禱室を出て行った。

「兄上……」

フローランはその後ろ姿を見送り、ぶるりと身を震わせる。

「ガスパール……！」

その名を呼んだ瞬間だった。

フローランの心に、不意に一条の閃きが差し込んだ。

「ッ……！」

胸が詰まるような苦しさと、縋りつきたくなるような恋しさ。今まで感じていたものとは、まったく別の情動が襲ってくる。

血縁の兄への親愛などではない。長年、庶兄として冷遇してきたことへの、身を投げ出して詫びずにいられないような負い目などではない。

そんな不純なものが入り込む余地など一片もない、純粋無垢で、単純な、ひたすらにひとりの男へ向かう、動物的な衝動と渇望だ。

「ガス……パール……！」

喉を裂くような痛みを伴う、掠れた叫び。滴る涙。

(――わたしはあの男を愛しているのだ……。紛れもなく、そうなのだ)

それは不思議な感覚だった。兄を「あの男」などと突き放して感じるのは、初めてだった。今まで感じてきた血肉をひとつにしたような温《ぬる》い慕わしさとはまったく誓う、鮮鋭な感覚が、この時いきなり訪れたのだ。永《なが》の別れとなるかもしれぬ、この時に。

「……ガスパール……！」

呼ぶ声が唇に甘く、同時に苦い。

苦いのは、子供心に長く慕い、負い目を抱え、また哀れんでもきた兄を失ったからだ。兄が、兄ではなくなったことを感じたからだ。

そして甘いのは、「兄ではない男」を愛する自分の心を、初めてまざまざと知ったからだ——。

「ガスパール、ガスパール……！　おお……！　わたしは……！」

朝の祈禱室に、愛しい名を呼ぶ声が響き渡る。

刻限を告げる鐘の音と共に、碧玉の目から零れた涙が、朝日を反射して輝いた。


ブランシュ城の物見の塔の上には、毎夜、見張りの兵のためにかがり火が焚かれている。円《まる》い塔の屋上には屋根がなかったが、その夜は風がなく、火は静かに燃え、ごうと鳴ることはなかった。リュートの音色が、その分鮮明に聞こえる。

——おお妙音鳥《フィロメル》、妙音鳥《フィロメル》。夜の守り神よ。その声を長く聞かせておくれ。どうか長く、どうか少しでも長くこの夜が続きますように。せめてこの瞼に愛する人の面影を焼きつける間だけでも。ほんの瞬きの間だけでも……。

ポロン……と最後の音を弾き終え、その余韻が消えた頃を見計らって、背後から「大公殿下」と声が掛かる。謹厳な女の声。女官長だ。

「風が冷とうございます。そろそろお部屋へお戻り下さいませ」

「言われると思った」

フローランは肩を竦め、くすっ、と笑った。仕方のないことではあるが、この婦人の前では、自分はいつまでたっても子供扱いだ。

「わかっておいでならば、わたくしが来る前に……」

「ごめん、でも」

フローランはポロン……と弦を弾きながら、苦く笑った。

「部屋にひとりでいると、不安が膨《ふく》らむばかりで——たまらないんだ」

「……殿下……」

「だが、わたしがあまり不安がると、侍女たちや臣下たちにそれが伝染してしまう。だからどうにか、気を紛らわせたくて……」

ポロン……と弾く。

「でも駄目だな……もう楽の音などでは、この心に巣食うものは、消えてくれそうもない……」

ガスパールとその旗下の軍勢がサン＝イスマエルを発って、今日で三日になる。

いわば軍監のような立場のウスターシュが目を光らせる中、馬上のガスパールは堂々と胸を張って出陣して行った。

——むざむざ、捨て駒にされに行くようなものだ……。

ひそひそ、と参列の臣下たちが囁いていた。ドワイヤンが属国の些少《さしょう》な軍勢をどう扱うかなど、皆承知しているのだ。

（……どうか、兄上……ガスパール……）

フローランは目を閉じて願う。

(帰って来て。どうか無事に、生きて帰って来て下さいませ……)

ガスパールはまだ、自分が兄ではなく、ひとりの男としてフローランに愛されていることを知らない。いや、知らないというより、信じていないのだ。フローランが自分に身を任せたのは、長年の負い目と、父の遺訓の呪縛と、臣下の離反を防ぐ君主としての義務感からだと思っている。

そして、もはやそれでも構わないと――諦め、受け入れて、恋心を忠誠心に昇華させようとしているのだ。望んだようには愛されずとも、己れは永久《とわ》にフローランを愛し続けようとしているのだ――。

かがり火が、ボゥッ、と揺れる。

――そなたに俺の執念深さを見せてやる。そなたに、己れがどれほどひとりの男に執着されているか、とくと思い知らせてやる……。

(わたくしこそ、ガスパール)

フローランは決意を秘めた碧玉の瞳で夜空を見上げた。

(帰って来られたら、今度こそ、あなたに思い知っていただく。今度こそ、わたくしのこの心をあなたに見せつけて差し上げるのだ。あなたの望む想いはここに、この胸にあるのだと――あなたは何も諦める必要はないのだと伝えて、その孤独な心を抱きしめて差し上げるのだ。今度こそ、今度こそ――)

「殿下……」

女官長が気遣わしげに歩み寄ってきた、その時。

不意に風が吹き、かがり火をごうっと呻らせた。同時に耳に届いたのは、だが妙音鳥《フィロメル》の声などではなく、もっと物騒で、美しくも典雅《てんが》でもないものだ。

鬨《とき》の声、馬蹄の轟き――。

「女官長！」

フローランは婦人の腕を引き、自らの背後に庇った。その足元に、カツカツ、と音を立てて、先端に炎をまとった矢が突き刺さる。

火矢だ。何者かがこのブランシュ城に、火矢を射かけたのだ。見れば今の一撃を受けた城内のあちこちで、兵士たちが消火に大わらわになっている。石と土煉瓦《れんが》でできた城はそう簡単に炎上したりしないが、それでも、窓扉だの荷車だの厩舎《きゅうしゃ》だの、木でできたものが城内にないわけではない。

「殿下、屋内へ避難して下さいまし！」

解いたエプロンで火を叩き消しながら、女官長が叫ぶ。フローランはそれを聞き容れず、闇夜に目を凝らした。

ブランシュ城は、満々と水をたたえる堀に囲まれている。その堀の向こうに広がる城下町に、松明《たいまつ》を手に疾走《しっそう》する人馬の群れが見える。

掲げる旗印は、白地に赤の一角獣文様。

（――ウスターシュ……！）

ガスパールと共に行軍しているはずのあの従兄がどうしてここに、などと考える暇はない。フローランは背後の婦人を振り向いた。

「女官長、今すぐ侍女たちを全員城外へ逃がしなさい！」

「えっ」

女官長が目を瞠ると同時に、城内に剣戟《けんげき》の音が響いた。門番の兵士たちが、跳ね橋を降ろそうとしている一団と戦っている。すでに先兵が城内に潜り込んでいたのだ。いや、それとも兵士の一部があらかじめ取り込まれていたのか――。

「早く！　跳ね橋を落とされて、あの連中が城内になだれ込んで来たら、真っ先に若い娘たちが狙われる。いや、貴女だって何をされるかわからない。兵たちが時間を稼いでいる間に、隠し通路を使って、急いで！」

「は、はい、ですがわたくしはどうか殿下のおそばに！」

「いけません！　あなたはわたしの母代わりも同然の人だ。もしあなたかニナを人質にされたら、わたしには彼奴らとの交渉の余地がなくなってしまう。彼奴らの要求を何でも呑まなくてはならなくなってしまう！　女に城に居残られたりしたら、却って足手まといだ。さあ早く！　城には娘たちをひとりも残さないで！」

「……はいっ」

さすがに城勤めの長い女官長は、それ以上フローランに食い下がることはなかった。

「娘たちはお任せください。どうかご無事で、大公殿下」

「ああ」

永の別れになるかもしれぬ挨拶を、ふたりは簡略に済ませねばならなかった。

フローランは乱れる髪先を夜風になぶらせながら、堀端にひしめく軍勢を見据える。

(ドワイヤンの狙いは、初めからこれだったのだ――)

得心《とくしん》した。初めから二段構えの計略だったのだ。まずは圧力をかけてガスパールが出陣せざるを得ぬように仕向け、フローランと兄の軍勢を分断し、その隙を突いて、サン＝イスマエルに侵攻し、ブランシュ城とフローランを奪取する。最終目的は、サン＝イスマエルの併合《へいごう》だろう。ドワイヤン女侯爵エロイーズの怒りは、もはやフローランを屈服させる程度では鎮まらぬほどに膨張していたのだ。

(嫌な予感の正体は、これだったのか……)

ガスパールとはきっと、二度と会えない。そんな予感がどうしても拭えなかったのは、兄が戦場で死ぬからではなかったのだ。命を落とすのは、フローランのほうだったのだ。

そうと悟って、運命に裏を掻かれたことを嘆くよりも、むしろ安堵の気持ちが湧き上がる。

(良かった……)

災厄が降りかかるのが、兄の身の上ではなくて。

兄には、旗下の軍勢がついている。たとえブランシュ城を落とされても、バルビエール伯爵領の根拠地に籠もれば、殲滅《せんめつ》させられることはない。カテル大公家の連枝として、新国主を名乗ることもできるだろう。どう転んでも、ガスパールの身は安泰だ。

兄が無事でいてくれるなら、それ以上、望むことはない。

――あとは自分がここで、カテル大公の誇りを保ったまま死ぬだけだ……。

フローランは夜の空気を胸いっぱいに吸い込み、碧玉の目を開くと、再度、背後を振り向いた。

「やはり卿らがこれを手引きしたのか」

そこに、ヴィシウス、アンブロワーズ、ロランスの三臣下が立っている。

「どうか、降伏宣言を、殿下」

「ここにご署名下されませ」

「抵抗なさっても、却って犠牲者が増えるばかりでございまするぞ」

「左様左様、殿下が即刻、城門を開かれねば、城下の町に火を放ち、住民諸共焼き尽くすことも辞さぬ——というのが、ウスターシュ殿の申し条でござりますれば」

「……」

フローランは悔しさを飲み込み、表情を消すと、彼らから手渡された羽ペンを取り、羊皮紙の文書に署名した。

間もなく、フローラン二世の命令により跳ね橋が降ろされ、その橋板の上を、どかどかとドワイヤンの軍勢が通過した。


今、ガスパールと共に行軍しているのは、途中で入れ替わった自分の影武者だ、とウスターシュはワインのゴブレットを差し上げながら、得意げに告げた。

「何しろかの『聖地の騎士』殿はわしを嫌っておられるゆえ、どうせ行軍中にもろくに顔など合わせる機会はなかろう、と思っての」

「……」

フローランの手首で、かちゃん、と手鎖が揺れる。

単純で陳腐《ちんぷ》だが、兄に対しては効果的な手だ、と内心認めざるを得なかった。ガスパールは優れた指揮官ではあるが、やや人嫌いで内に籠もりがちなところがある。行軍中に、あえて嫌っている男の陣を訪ねて交友を図ったりはしないだろう。影武者がそれらしく振る舞えば、おそらく数日間は時間が稼げるに違いない。サン＝イスマエル領内に軍勢を侵攻させるだけの⋯⋯。

夜はすでに深更を越え、ドワイヤン兵の満ちる城内は、がちゃつく甲冑の音と、言いようのない殺気立った空気に充たされている。手鎖を嵌められ、三臣下の手で自身の執務室に捕虜として連行されてきたフローランの皮膚にも、それは石壁を透過するかのように伝わってくる。

「麗しのフローラン殿」

嘲弄《ちょうろう》を含んだ声と同時に、フローランは頤を摑まれ、顔を持ち上げられた。鼻先にまで、気障な髭を整えた従兄の顔が迫ってくる。

「ふむ」

矯《た》めつ眇《すが》めつ、左右から眺められて、肌に蟻走感《ぎそうかん》を覚える。

「やはりこの一年で、急に大人びられましたな。以前お会いした時は、まだ咲き初《ぞ》めの花でいらしたものを、今ははや、薹《とう》が立ち始めている——」

ちっ、と舌を打つ音。みすみす食べ頃を逃した、という意味だろう。やや乱暴に、顎先を放り離されて、フローランは足元をふらつかせた。

「しかしエロイーズにはいい土産になる」

「……ッ！」

驚愕が走る。

その名は、ドワイヤン女侯爵のものだった。老婆となってなお、あまたの若い情夫を閨に侍らす淫婦。このウスターシュも情夫の中のひとりだ。その淫婦に土産……とは、つまり——。

「わ——たしに、女侯爵の男妾になれと……？」

フローランは手鎖をがちゃつかせて動揺した。この場で殺されるものとばかり思っていたのに、ウスターシュの意図はもっと残忍で残酷だったのだ。背後で三臣下が、それぞれに感嘆したり失笑したりしている気配が伝わってくる。

ウスターシュは、ふうっ、と嘆息する。

「左様、何しろ我が主君の淫乱ぶりは凄まじいものでしてな。いくら若い男を閨に送り込んでも、すぐに絞り尽くしてしまわれる。その上、この頃はすっかり舌が肥えて、生半可《なまはんか》な美青年ではいっかな満足して下さらぬのよ。その点、西方大陸諸侯随一の美貌を謳《うた》われるフローラン二世なれば、まずはお眼鏡に適おう」

かの女傑は、フローランから見れば祖母、下手をすれば曾《そう》祖母の年齢だ。女性の老いを蔑《さげす》むつもりは毛頭《もうとう》ないが、国を侵された上に情交まで強要されては、さすがに嫌悪感を覚えぬわけがない。そんなフローランの顔を、ウスターシュはニタニタと笑って眺めた。

「なに、心配めさるな、麗しき従弟殿。かの女侯爵殿は手練れゆえ、女を知らぬ清童であっても、たちどころに自分好みの色事師に仕込んでしまわれる。かくいうわしがその第一号よ」

自嘲か自慢か区別のつかぬ口調で言うと、ウスターシュはゴブレットからぐいっとワインを呷《あお》った。

「ま、それでも、ようよう二十歳ばかりの青年が、婆さんのたるんだ体に勃起などできぬ、と怖じ気づくのはもっともなことよの」

こん、とゴブレットを置く。

「閨に送り込んだはいいが、役に立たぬ、となれば、女侯爵殿は怒り狂われような。本国へ護送いたす前に、少々、仕込みを受けていただきますぞ、フローラン殿」

「仕込み――」

それが何か、を想像する前に、執務室の扉がどんどんと叩かれた。「離しなさいよ！　離しなさいってば！」と喚く若い娘の声に、フローランは凍りつく。

そして、扉が開いて兵士に連行されてきたのは――。

「ニナ！」

「大公殿下っ！」

もがくニナを後ろ手に拘束し、頬に派手なひっかき傷を作った兵士が辟易《へきえき》しつつ報告する。

「駄目です。城内をいくら探しても、女はこの小娘以外にはひとりも見当たりません」

「そんな……」

フローランはぞっと絶望感に捕らわれた。そんな、どうしてよりによって、この娘だけが捕まるのだ。どうしてよりによって、彼女ひとりが逃げ遅れるのだ！　兄の恩人の孫娘、兄から直接預かった、大切なこの娘が！

「ふむ、他は皆逃げたか。隠し通路か？」

「そのようです。厨房《ちゅうぼう》のかまどの裏から城外へ逃げる道がありました。いやまったく、うまく造ってあったものです。この娘が潜んでいたので、発見できましたが……」

「ニナ！」

フローランは叱責の声を上げた。

「そなた、逃げなかったのか！　どうして、隠し通路になど潜んでいた！」

「だ、だって……！」

ニナはべそをかきながら答える。

「大公殿下を、ひとり残して逃げるなんてできません……！　あ、あたし、何とか隙を突いて、殿下を救出して差し上げられないかと思って、女官長さまの目を誤魔化して、城に戻って……！」

「……ッ」

フローランは歯噛みした。ニナの心根は健気なものだが、あまりにも浅慮だった。叙事詩にでも登場する女騎士の冒険譚《たん》ならば、女ひとりの身で王や王子を助けて大活躍の大団円、となるだろうが、現実世界で小娘ひとり敵軍の只中に残ったところで、何ができるものか。

だが今ここで、ニナを責めたところで何になろう、とフローランは唇を噛む。この娘はこの娘なりの忠義心で、フローランを助けようとしただけなのだから……。

「ふん、まあ、だいぶ色気には欠けるが、とりあえず性別が女であるなら構わぬだろう」

　ウスターシュが尖った顎先を撫でながらニナを品評した。フローランは慌てて叫ぶ。

「ウスターシュ！　その娘を離せ！　その子はもうじき花嫁になることが決まっているのだ。手を出さないでやってくれ！」

「ほう」

　ウスターシュはにやりと笑った。

「ではなおさら好都合だ。ヴィシウス」

　仮にも他国の重臣である男を平然と呼び捨てて、ウスターシュは命じる。

「その娘を裸に剝け。アンブローズは後ろから羽交《はが》い絞めにして、ロランスは足を開かせろ」

「ウスターシュ！」

「まあ、そう毛を逆立てられるな、麗しのフローラン殿。御身の言われる通り、わしは手を出さぬ」

　気障ったらしい仕草で、髭を捻る。

「この娘を犯すのは、御身だ、フローラン殿。で、わしはその御身を、後ろから犯して差し上げる、という趣向はいかがかな？」

　ひっ……と引きつった悲鳴は、ニナの喉から漏れたものだ。その蒼白な顔色をちらりと見て、フローランは従兄に摑みかかる。

「おっと、そういきり立たれるな」

「……ッ……！　き、貴様っ……！」

　その細腕を軽々と捕らえ、ウスターシュは嘲弄した。

「なに、こんなものはドワイヤンでの御身の、お勤めの軽い稽古《けいこ》に過ぎぬ。実は近頃、どんなに探し求めても、エロイーズを満足させられるほどしっかりと逸物を持続できる若造が、とんと少なくなっての……」

もう何年も前から、ウスターシュは若者たちを背後から犯し、無理矢理勃起させたものを女侯爵の中に挿入させる行為を繰り返しているのだという。

「さすれば女侯爵殿は若い男のモノを存分に堪能でき、わしも若い蕾の味を楽しめ、たるんだ老婆の体に萎えずに我が淫乱なる女君主を満足させて差し上げられ、この身は安泰、という一石二鳥の方策よ。ま、そういうわけで、ドワイヤンに到着次第、フローラン殿には生きた張り型《ディルド》として働いてもらわねばならぬゆえな」

ぱちん、と指先を鳴らす。

「どうせ今頃、新しい男妾の到着を待ちかねて涎を垂らしておられる女侯爵殿のためにも、あらかじめ慣れてもらわねばならぬ。その娘には稽古台になってもらおう。さあ、早うその娘を裸にして、足を開かせよ。大公殿下に……」

「やめろ！」

フローランは従兄に手首を掴まれながら、渾身の力でもがいた。

「やめろ！　やめてくれウスターシュ！　ニナは兄上から預かった娘だ、必ず幸せな結婚をさせてやると約束した娘なのだ！　わたしの命や体は好きにするがいい、だが、ニナは！」

「うるさい！」

ウスターシュの拳《こぶし》が飛んだ。フローランは一撃を食らい、惨めに床に吹き飛ばされる。痛みは目が眩《くら》むほどだったが、フローランはなおも身を起こし、「ニナに手出しをするな！」と叫ぶ。その痩身に、今度は蹴りが入れられる。

「ぐ……」

「やめて、くれ……」

崩れ落ちるフローランを、ウスターシュはさらにつま先で蹴転がした。

「虜囚《りょしゅう》の身が逆らうでないわ！　若い娘を抱かせてやろうというのに、何という態度だ！」

ぐりぐりと軍靴で踏みにじられながら、フローランはその足を抱えて、なおも懇願する。

「兄上と……やく、そく……し……」

「殿下！　殿下もうやめて下さい！」

ニナが三臣下の手で服を裂かれながら叫んだ。

「あ、あたし平気です。もう生娘じゃないし……こんなこと、犬にかまれたと思えばいいんです……！」

「ニナ……」

「それに、あ、相手が大公殿下なら、ヤンもわかってくれます。ガスパール様だって、そうしなければ殿下が殺されたかもしれないって言えば、きっと怒ったりなさいません。それに、こんなことになったのは、元はと言えばあたしが自分で戻ってきたからなんだし……。だから、いいんです。お願いです、あたしなんかを庇って殿下がこんな奴らに傷つけられないで下さい！」

若い娘の瑞々しい裸体が、男どもの目にさらされていく。赤毛の娘は精一杯平気な顔をし、「ね……？」と笑って見せたが、その目が涙に潤んでいることを、フローランは見逃さなかった。

呼吸を整え、目を閉じ――開く。

「ウスターシュ……卿を楽しませたら、ニナは必ず自由の身にしてくれるのだろうな？」

髭の従兄は、肩をそびやかして答える。

「無論、約束しよう。騎士の名に懸けて」

「――わかった」

フローランは頷き、よろり、と立ち上がった。そして裸にされたニナの前に歩み寄り、その肩に手を掛ける。

「ニナ、こちらへ」

「は、はい」

フローランがニナを仰向けに寝かせたのは、執務机の上だった。「なるほど、そこならばやりやすそうだな」とウスターシュが満足げに笑う。

背後から近寄るその気配を感じながら、フローランは机に手を突き、娘の肌の上に身を伏せた。

「ニナ」と優しく囁き、そして――。

「うまくお逃げ！」

がつん、と音がした。

その瞬間、いったい何が起こったのか、正確に理解した者は、おそらくフローランだけだろう。ごうっと風が唸《うな》り、部屋中の布や羊皮紙を巻き上げる。

「きゃあぁぁぁぁ！」

小娘の悲鳴が、徐々に小さく消えてゆく。続いて、深い水に落ちる音。

「な――！」

ウスターシュが絶句する。広からぬ部屋を占領していた執務机が、床に四角い穴を残して、まったく消失しているのだ。

昏く、冷たい風を噴き上げる穴の淵を背にして、フローランが会心の表情で立ち尽くしている。

「初代のカテル大公がこの城を築く際に用意した、歴代大公しか知らぬ脱出口だ」

ふ、と笑う。

「油断したな、ウスターシュ――。小たりといえども、諸侯の城に、隠し通路がひとつだけのはずがないだろう」

ぎぃ、ぎぃ……と音がするのは、抜けた床穴の下にぶら下がった形になっている執務机が揺れる音だ。この質素な執務室のほぼ唯一の家具が、すなわち脱出口の蓋になっていたのだ。

しばし呆然としていた三臣下は、慌てて「何をしておる、追え、追わぬか！」と兵士に命じる。

「今の水音を聞いたであろう。この穴の底は堀に通じておるのだ。小娘が泳いで逃げる前に捕らえるのだ。総員で堀を捜索せい！」

「は、はっ！」

兵士と三臣下が、ばたばたと部屋を駆け出てゆこうとするのを、ウスターシュは「待て！」と制止する。

「それには及ばぬ。たかが侍女ひとり、フローラン二世がわが手にある今、もはや人質としての価値などないわ。から騒ぎになるだけだ」

「は、はあ……」

「もう良い、下がれ。あとはわしとフローラン殿だけの時間だ。野暮《やぼ》をいたすでないぞ」

「は……ははっ、では……」

一番小柄なロランスの、「お楽しみ下され」という余計な追従《ついしょう》を残して三臣下が去ってゆく。

ウスターシュは灯火を掲げ、穴の底を覗き込み、四角く抜けた穴の淵を確かめた。そして「執務机の足を思い切り蹴り折ると、床が抜ける仕掛けになっているのだな」と確認し、立ち上がり、フローランを振り向く。

「たかだか侍女ひとりを逃がすために、最後の切り札の脱出口を使ったのか……？」

昏い口調で確かめられて、フローランは頷いた。

「たかだか侍女ひとりを助けるために、自分は居残ったのか。己れが手の内にさえあれば、わしが小娘を追わぬだろうと踏んで」

再度、頷く。するとウスターシュは、顔色を朱泥色に染めて激昂《げっこう》した。

「愚かな……！　それが一国の君主のすることか。そなたが逃げねば、サン＝イスマエルは滅亡ではないか。いかに兄から預かった娘でも、小娘ひとりのために自らの身と国の命運を犠牲にするなど、狂気の沙汰だ。そなたほど馬鹿な君主を見たことがないわ！　フローラン二世！」

罵倒されて、フローランはひっそりと自嘲した。ひと言もない。まったく、その通りだ。君主は時に臣下や領民に犠牲を強いてでも、己れの身を守ることも責務のひとつなのだから。だが――。

「何とでも言うがいい――これがわたしなのだから」

真っ直ぐに、碧玉の目で従弟を見返す。

「愚かであろうが、間違っていようが、わたしには己れに関わる者たちを切り捨てることなどできぬ。わたしには、誰かに犠牲を強いて、平然としていることなどできぬ。そうしているのが君主の責務だと言われても、できぬ」

「……」

ウスターシュの冷ややかな軽蔑の視線を、フローランは頬に感じた。

わかっている。これは愚かなだけではなく、卑劣な行為なのだ。自分は本当は、ニナの身を案じたのではない。ニナを犠牲にするよりは、自分がそうなったほうが気が楽だったからだ。そしてニナを託してくれた兄に対して、面目《めんぼく》を立てたかったのだ。

ふぅ……と満足の息を吐く。

「さあ、わたしは卿に逆らったぞ、ウスターシュ」

決然と上げた目の下の、殴られた傷が痛む。

「煮るなり焼くなり、好きにするがいい」

ウスターシュは意外にも、罵倒するでも呻るでもなく、無言でフローランに近づいて来た。そして魅了されたように口づけ、そんな自分に気づくと、悔しげに顔を歪める。

「くそっ……」

苛立たしげに、ぐいっ、とフローランの頤を摑み上げる。

「わしが気を惹かれる相手は、いつもそうだ。捨て身であることを武器にして、気位を高く保ちおって……！」

苛立たしげな声。

「後悔させてやる。好きにするがいいなどと、大口叩いたことを、必ず後悔させてやるぞフローラン！　人間はそなたが思うよりもずっと脆《もろ》いのだ。この憎い唇に、必ず許しを乞わせてやる！」

そう叫んで、ウスターシュはフローランの唇に嚙みついた。


「うっ………」

がちゃがちゃと鳴る手鎖。男の籠もった息遣い。ねばつく音……。

「く、っ……フローラン……ッ……！」

男が、腹の底から呻く。

細い肢体を持つ若い大公は、自身の寝台の枕辺に両手首を縛りつけられ、もはや身を捩ることもできず、ただ従順に脚を開いている。

一刻も早く終わってくれ、と一心に願っているのに、さすがに色事師を自任する男のものは、やたらに保《も》ちがよく、なかなか射精しようとしない。

うんざりするほど不快な、ひたすらに不快なだけの時間が、長く長く流れてゆく。その果てに、体の中で男が果てる感触を味わわされ、フローランはおぞましさに震えた。

（……ガスパール……！）

心の中で、許して、と詫びる。

（この体をあなただけのものにしておくことができなかったことを、どうか許して……）

「性悪めが」

フローランの体から離れ、ふう、と息をついたウスターシュが蔑む。

「澄ました顔で、きっちり男を搾《しぼ》り取りおって。手練れの淫売でも、なかなかこうは行かぬぞ」

「……っ……」

「天使のような顔をして……いったい誰に仕込まれた？　ずいぶんと男を愉しませる手管に長《た》けているようだが……」

小首を傾げたウスターシュが、「ああ」と心づいたように目を向けてくる。

「さてはあ奴か……ガスパール・オクタヴィアン」

あまりに当然のようにその名を出されて、フローランはあやうく悲鳴を上げるところだった。喘ぎすぎて、喉を傷めていて良かった。ここで驚愕の声など漏らしていたら、自白したも同然になるところだ――。

「ふふ」

男が可笑しげに笑う。

「どこまでも健気なお方よ。領民の安全を思って早々に降伏し、侍女ひとりを守るために脱出の機会を譲り、臣下領民に危機が及ばぬよう、心から嫌うわしに我が身の操を提供して——今また、兄君の名誉を守るために、あくまでしらを切られる覚悟をされましたな？」

「……ッ」

「だが無駄だ、フローラン殿」

ウスターシュが、にぃ、と笑う。

「バルビエール伯ガスパールと貴君の仲が、兄弟としては少々常軌《じょうき》を逸《いっ》しておるのは、大陸諸侯すべてが知りおること。それが、実はおぞましくも兄と弟で体を重ねる仲であった、と噂が広まれば、おそらく疑う者はおらぬよ」

「……ち、違……」

身を起こして食って掛かろうとした、その瞬間、手鎖が、がちゃん！　と鳴る。擦り切れた皮膚に千切れるような痛みを覚えて、フローランは悲鳴を呑んだ。

「つまり我らドワイヤンは、一兵も費やすことなくバルビエール伯爵を始末できるというわけだ——貴君の自白さえあればの」

「……ッ……！」

「たとえあ奴を逮捕処刑できずとも、『聖地の騎士』としての名誉と爵位、財産、兵権を奪い、追われる身として無力化することはできよう。さあ、フローラン殿」

頤を摑まれ、握力でぎりりと締めつけられる。

「洗いざらい告解《こっかい》されよ。『予は兄と寝た』と、ひと言口走るだけでよいのだ。もし、あくまで兄君を守ろうとなさるならば……」

男の口元に、白い歯が見えた。その口が近づき、首筋を、ねろりと舐め上げる。

「わしのみならず、あの三臣下ども、次にはわしの旗下の将ども、そして遂にはこの城におるわしの兵すべてが、こうして貴君を味わうこととなりますぞ」

「……！」

フローランは戦慄《せんりつ》した。それはなぶり殺しの宣告も同然だった。城内だけとはいえ、ドワイヤン兵は百人は下らない。輪姦され、運よく命が保ったとしても、事がひと通り終わる頃には、フローランの心は破壊されているだろう。あのディオンの姉がそうだったように。そしてその苦悶《くもん》に耐え兼ねて、途中で口を割らない自信は、フローランにはない……。

「よせっ！」

ウスターシュの声と共にフローランの頬が高く鳴った。唇が切れ、血が飛ぶ。

「貴様、今、舌を嚙もうとしたな！」

「……」

あくまで意志に従おうとしない従弟を、ウスターシュは憎々しく見下ろす。

「言っておくが従弟殿。貴君が自ら命を絶つような真似をなされば、我らはブランシュ城下の町をその住民ごと火の海と化してくれるぞ。死ぬのなら、それを承知の上でなされるのだな」

フローランは目を見開いた。城下町に放火するだと……？　あの酒場を経営している未亡人や、その幼い子や、子の友達や、宿屋や荒物屋の親父たちが暮らす町を、焼き尽くすだと……！

「――ウ……スターシュ……っ！」

牙を剝いて吼《ほ》えかかる犬のようなフローランを見下ろして、ウスターシュはうすら笑った。

「良いか、貴君が今ここで選べる道は、ふたつだけだ。ガスパールを売って助かるか、兵百人にその身をなぶられる道を選ぶか。わしはどちらでも構わぬぞ。エロイーズが欲しがっておるのはこのしみったれた小国よりも、貴君の美しく瑞々しい体であるゆえ、正気であろうが狂って壊れようが、貴君さえ連れ帰れば、あの女――あのどうしようもない淫乱婆さんのご機嫌は取れるのだからな」

「……っ……」

フローランは従兄の声を聞いて、目を閉じる。

考えるまでもない、とフローランは思う。領民の安全を質《しち》に取られた時点で、自分の取るべき道は決まっている。無能非才の身ではあっても、自分はこの国の君主なのだから……。

そして何より、ガスパールだ。あの男の身命と名誉は、フローランにとってこの世で最も大切なものなのだ。考えるまでもない。考える余地など一片もない――。

「……兄上は売らぬ」

フローランは、双眸《そうぼう》を真っ直ぐ従兄に向け、断言した。

「何？」

「兄上は売らぬ！　バルビエール伯ガスパール・オクタヴィアンはサン＝イスマエルの至宝だ。あの方こそがこの国の本当の君主なのだ！　卑劣なドワイヤンの手で不名誉な火刑になどさせるものか！

兄上に罪を着せるようなことは、一言半句たりとも漏らさぬ！　決してだ！」

白い裸体を波打たせてのその叫びと同時に、フローランの運命は決まった。「後悔するなよ」と呻ったウスターシュが、寝室の扉を開け放ち、「虜囚を地下牢へ移せ！」と怒号する。

「皆で交代に、口を割るまで責めなぶるのだ！」

「ウスターシュ殿、ウスターシュ殿」

へいこらと機嫌を窺う声は、ヴィシウスだ。

「ウスターシュ殿、もしよろしければ、兵どもに与える前に、我らがお相伴《しょうばん》にあずかりとうございまするが……」

アンブロワーズとロランスが同調して、低く卑屈に笑う声も聞こえる。

「我ら、あのお美しいご主君を一度で良いゆえ――と、永く願って参りました……」

「左様左様、決して足を踏み入れられぬ主君の寝室で主君を犯すは、男の夢でござりますゆえ……」

ちっ、と舌を打つ音。

「……好きにいたすがよいわ。ただし、死なせるなよ」

吐き捨てるようなウスターシュの許可を受けて、三臣下が大中小の姿を揃え、主君の寝室に嬉々として忍び入ってくる。

その卑劣な姿を、フローランは碧玉の双眸で静かに眺めた――。

——男たちは大抵、三人か四人ひと組で、牢に続く石段を降りてくる。

彼らが脚の間で代わる代わる息を荒げ、蠢いている間、フローランは壁に繋がれた手鎖がちゃらん、ちゃらんと鳴る音を聞きながら、ひたすら目を閉じている。無残に裂かれることだけは避けたくて、気絶したようにじっと従順にしていると、大体はひとりにつき一度の行為で去って行った。そして入れ替わりに牢番の兵士が入室し、フローランの体を適当に清め、ワイン一杯とパンのひと切れ程度の食事を摂《と》らせて、休ませる。しばらくしてまた、次の男たちがやってきて——そんな繰り返しが、すでに三昼夜にもなるだろうか。

「……夜ぐれぇはしっかり眠らせねぇと、死んじまいますぜ……」

牢番が上官らしき騎士に苦言していたのは、フローランの身を哀れに思ったからではない。もしフローランが絶命などすれば、世話係を命じられた彼がその責めを負わされるからだ。

——この者は凱旋の暁には、我が主君への献上品とする。なぶり犯してもよいが、死なせたり傷つけたりすることはまかりならぬ。

どうやら、ウスターシュは配下にそう命令したようだった。壮健な盛りの兵士や騎士が、揃いも揃って一度きりの行為で物足りなげに引き揚げてゆくのは、おそらくそのためだ。輪姦というより、調教に近いな——とフローランは思う。ウスターシュはこうして、フローランの誇りと正気を奪い尽くし、一国の君主を、盛りのついた動物のように淫らな性奴隷に仕立て上げようというのだ。閨に連れ込まれれば、それだけで自ら腰を差し出し、犯されたがるような奴隷に——。

牢番の男が仕事を済ませて去った後、フローランはよろよろと身じろぎ、かちゃん……と鎖を鳴らして体を起こした。

小さな窓が穿たれた石壁と、藁《わら》の敷かれた石床。滴る水。真夏も近いこの季節に、ぞっとするほど冷え込んでいるのは、ここが半地下のせいだろう。時折、鉄格子の嵌まった窓から、見回りの兵士たちの靴が見える。時刻はすでに夕刻のようだ。

——兄上……。

葡萄色に暮れなずむ空を見上げて、フローランはガスパールを想う。

——兄上、フローランは最後まで沈黙を守ります……兄上の名誉を、必ず最後までお守りしてご覧に入れます……。

ウスターシュは知るまい。今のフローランには、蹂躙されればされるほど、胸の中に膨らむ誇りがあることを。

フローランが口を割りさえしなければ、ガスパールとの近親相姦は疑惑にとどまり、彼を訴追することはできない。西方大教会も、聖地戦争で見事な武勲を上げ、その大義と名誉を担《にな》った騎士を一夜にして不名誉な罪人にしたくはないはずだ。いかにドワイヤンがごり押ししようと、証拠も証人もなく人を裁けるものではない。この苦難を耐えきれれば、フローランはガスパールの身命も名誉も守ることができるのだ。この苦難を耐えきれれば……。

——ですから、兄上……どうか、今度こそ信じて下さいませ……フローランの愛が紛うことなき真実であったと……。あなたを心から愛していたと……どうか……。

スゥ……と意識が眩んでゆく。

「——好きです……ガスパール……」

その呟きが、妙音鳥《フィロメル》の声の最後の呟きだった。


翌朝、ブランシュ城は馬蹄の轟《とどろ》きによって目を覚ました。

「早く配置につけー！　いそげー！」

「待て待て慌てるな！　跳ね橋も上がってる。そう簡単に攻め込まれたりはせん！　焦って敵の矢に当たるな！」

格子《こうし》窓の向こうの地表を走り回る兵士の靴音に、フローランも目を覚ます。

——まさか……。

手鎖をがちゃつかせ、藁の上に身を起こしたところで、牢の扉がきぃ……と開かれる。

「おはよう従弟殿。ご機嫌はいかがかな？」

ワイン壺とゴブレットを手に、相も変わらず気障な髭面で現れたウスターシュは、無遠慮にフローランの肢体を眺めまわした。男たちに輪姦され、蹂躙された痕跡の生々しい体、というのはある種の嗜虐心《しぎゃくしん》を刺激するようで、その表情は舌舐めずりせんばかりだ。

「ふふ、兵士どもから聞きましたぞ。なかなか従順にお勤めを果たしておいでのようだ」

「……」

「さっさと口を割ればよいものを、強情ですな。それとも何かな、大勢の男どもの相手をするのが、案外お気に召したのですかな？」

「……」

「だんまりか、ふん、まあ良い。ところでお気づきかな？　貴君の大切な騎士殿が、手勢を率いて戻って参りましたぞ。街道の砦にいた我が軍を、一瞬で蹴散らして、な」

「……！」

「まあよく誤魔化せたほうだが、影武者め、ドワイヤンの本隊がここに到着するより先に正体がバレてしまったらしい。よほど怒り心頭に発したと見えて、バルビエール伯は御自らの槍に影武者めの首を突き刺し、旗印代わりに掲げておいでだ」

は、と息を飲む。怒りに狂った時の兄の怖ろしさはよく知っている。それはこのウスターシュも同じであろう。

果たして、ゴブレットにワインを注ぐ手が、カタカタと震えていた。お世辞にも勇敢な騎士とは言えぬ男が、城に拠《よ》っているとはいえ、あのガスパールと対峙しようというのだ。さぞや内心、恐れ慄いているだろう――と同情めいた気持ちを抱いていると、そのゴブレットを、「飲め」と突き出された。

「ひと息に飲み干しなされ。でなくば、物見塔の上に引きずり出し、伯爵からよく見える場所で犯して差し上げまするぞ」

「――ッ」

選択の余地のない条件を突きつけられて、フローランはゴブレットを受け取る。東方で、貴人に自害を勧める際に供される毒酒であろうことは、確かめるまでもない。

(東方の貴族は、どのような作法で盃を干すのだろうか……)

そんなことを考えたのは、痩せても枯れてもフローランが王侯だからだ。貴種たる身はいついかなる時も優美さを失ってはならぬ、と教えられて育った身だからだ。

——死を怖れてはならない。非命に斃《たお》れる時は、潔く、花が散るように……。

フローランは黙礼し、ちゃら……と手鎖を鳴らしてゴブレットを受け取った。そして優雅な仕草でそれを口に運び、唇をつける。

こくこくこく……と鳴る喉を、ウスターシュのねばつくような目が見つめている。それを意識した刹那《せつな》、フローランはゴブレットを取り落とした。

「ぐ……！」

喉に焼かれるような痛みを感じ、フローランはその場にうずくまる。苦いものが込み上げ、床の藁に吐き出したのは、黒い血だった。

(————兄上…………！)

最期を意識して、心に思ったのはやはりそれだ。すぐそこに、ほんの水堀ひとつ飛び越えるだけの距離にいるのに、最後にひと目姿を見れなかったことが、悲しくてならない。でも、これで——。

「残念ながら、楽にはなれませぬぞ。フローラン殿」

苦悶するフローランの傍らに片膝を突きながら、ウスターシュが金髪を撫でてくる。

「その毒では、死には至らぬ。南方の商人が、王の後宮《こうきゅう》に納める奴隷に飲ませるもので——」

くくっ、と残忍な笑みを漏らす。

「喉を焼き、声を奪うためのものだ」

「……っ！」

「貴君ならばご存じであろう、フローラン殿。昔、ある国の王が敵国の城に捕らわれ、牢に籠められた際、その朗々たる美声で叙事詩を歌い、味方の密偵に位置を知らせ、見事脱出した、という故事を」

「……ぁ……………ぅ…………！」

「貴君は我が軍の大切な人質。バルビエール伯爵も、必死で奪還しようとするはず。その美声で助けを求められては敵わぬゆえな」

「ウ…………！」

早くも現れた毒の効能だろう。絞り出そうとした声は、フローランの喉に激痛をもたらした。

そして痛みに悶えるフローランの頭から、ウスターシュはナイフで金髪をひと房切り取る。

「伯爵への贈り物だ」

「……！」

「貴君の存在は、あの狂犬の攻撃を押しとどめる唯一の切り札なのだよ。フローラン殿。ドワイヤン軍の本体が駆けつけるまでの、わしの命綱でもある」

「……ぅ……」

「御心配めさるな。戦利品としてドワイヤンに連行の暁には、わしと女侯爵殿とで、存分に愛でて差し上げまするぞ。こんな小国の君主としてつましく暮らすよりは、数倍贅沢な日々を楽しめましょう。もっとも、今までわしが献上した若者は皆、半年保たずに気が触れてしもうたが……」

「………」

「よし、万が一にも舌を噛み切らぬように、板切れでも噛ませておけ。毒の影響で熱が出るやもしれぬゆえ、今夜は不寝番《ふしんばん》で様子を見るのだ」

牢番の兵に命じ、ウスターシュが去ってゆく。

その足音が石段を登り、入れ替わるように駆けこんできた牢番が、「おい、口を開けろ」と命じるや、口中に何か硬いものを押し込んできたのを感じた瞬間、フローランは涙を流した。

——ガスパール………！

初めて心の中に、たすけて、という言葉が浮かぶ。

——助けて、たすけて……兄上、あにうえ……！　ガスパール……！　ガスパール……！

ガスパールのために死ぬことは誇りだ。だが、生きてあの男から永遠に引き離されることだけは、やはり耐えられそうにない。生きて、他の男のものにされることだけは……。

もう、耐えられそうにない。

その足音が石段を降りてきたのは、かがり火の音も絶え、靴音の代わりに兵士のいびきが聞こえるようになった深更のことだ。

（まさか――こんな時間に、わたしを抱きに来たのか……？）

ふと気づいたフローランが、半地下の寒さに震えながら、ぼんやりと瞼を開く。

――いいじゃねーか、やらせろよ。こちとら見張りの番がやっと終わったところなんだぞ！

――駄目だ駄目だ。ウスターシュ将軍のお言いつけで、今夜は様子見をせにゃならんのだ。さあ、戻れ戻れ！

気を失っている間に、そんな会話が交わされたのだろうか。だが、それにしては妙に静かだ。降りてくる足音はひとりだけ。それも、靴裏が砂利を踏むざらついた音がしない。まるで猫のような、ひたひたとした足音だ――。

がしゃん、と鍵が外される音。ぎぃ……と鎧戸の開く音。

真の闇と言っていい牢内に、一瞬、さっと灯火の光が差す。

鎧戸をくぐって牢内に入ってきた黒い人影を、フローランは碧玉の瞳でぼんやりと見た。

両肩の筋肉が隆々と盛り上がった、鋼《はがね》のような肉体の男だ。床に敷かれた藁が、かさりかさりと鳴るのは、なぜか男の全身から、水滴が落ちているからだった。

（……？　ど、どうして……？）

ここに来る前に、堀にでも落ちたのか、と戸惑うフローランの上に、男が覆いかぶさってくる。

打ち重なる肌の感触から、フローランはこの濡れた男がまったくの裸体であることを知った。今までここへ来た兵や騎士どもは、皆、下衣だけを性急に押し下げて、フローランに伸し掛かってきたのに――。

男の手が、フローランの脚を撫でる。撫で上げて、衣服をめくり、下腹部に宿る、鳥の雛《ひな》のように柔らかなものに触れる。

「……ぅ……」

板を嚙まされた口から、呻きが漏れる。その忍び音に、男はふと何か心づいたように手を止めた。闇の中でフローランの顔を手で探り、口が封じられていることを悟ると、驚いたように手をびくりと引く。「……く」と呻いたのは、フローランの錯覚でなければ、怒りと悔しさの声だ。

その手が、ふわり、と頰に触れてくる。

（……慰めてくれている……？）

フローランのあまりに哀れなさまに、同情しているらしい。鍛え上げた雄偉な体格からして、兵ではなくある程度地位のある騎士のようだ。

「……ぅ……」

悶えるように、フローランは哀願した。同情するのなら、情けをかけてくれるのなら、わたしを抱かないでくれ。もう犯さないでくれ。ガスパールの存在を近くに感じている今、他の男に抱かれるのは、もう嫌だ――。

いやいや、と弱々しく頤を左右に振って意思を伝える。だが男は、それで逆に情欲に火をつけられてしまったらしい。

脚を開かれる。

（嫌……！）

尻を浮かされ、一昼夜の休息でようやく安らぎを得たばかりの蕾に触れられる。ずぶりと指を埋められ、さして手間もかからずほぐされるや、すぐに硬く漲るものの濡れた先端を押しつけられた。

(嫌ァ————ッ……!)

よじれる腰を、深く深く刺し貫かれる。

(ガスパール、ガスパール……!　助けて……!　助けて……!)

みし……と軋みを上げる体。あふれる涙がこめかみを伝い、手鎖が、かちゃんかちゃんと鳴り続ける。

「う……う……」

満足する深さを極めたのだろう。フローランの腰をぐいと引き寄せた男が、ふぅ……と息をつく。男の逸物が、フローランの下腹部を孕ませている。天を突くように反り返りながら、フローランの肉の中でどくどくと脈を打っているのがわかる——。

(嫌だ……)

フローランははらはらと落涙した。

(嫌だ、この男——強すぎる。こんなに硬くて……まるで兄上のようで……っ!)

ガスパールは男性としては素晴らしく頑強で強精家だった。そんな男に一年間、水も漏らさぬほど濃密に愛されては、フローランはもはや生半可な男では満足できない体になっている。ウスターシュも、その他の男たちも、フローランを穢すことはできても、屈辱を感じさせることはできなかった。フローランを感じさせ、その体を支配することはできなかった。それなのに、この男は——。

男が脚の間で、激しく前後する。大きく大胆に開かれた部分に股間を打ちつけ、馬蹄で踏みにじられたように荒れているフローランの中に、さらに新たな傷を刻もうとしている。

「……ぅ……う、ぅぅ……！」

手鎖が、激しく鳴らされる。腹の奥が掻き荒らされ、柔肉がうねる。駄目だ、もう駄目だ——とフローランは思った。この男は強すぎる。硬くて、熱すぎる……！　感じてしまう。屈服してしまう……！

男が中で射精した瞬間、フローランは滑らかな腹を波打たせ、背を仰け反らせた。かろうじて同時に果てることだけは堪えたが、堪えなければならなかった、ということ自体がフローランを打ちのめした。この男は、フローランを感じさせたのだ……。

「————ッ！」

後孔を穿たれたまま、男の手に性器を握られて、フローランは全身を跳ねさせる。男は、是が非でもフローランを「いかせる」つもりなのだ。

男の無骨な掌の凹凸《おうとつ》が、フローランの茎を擦り上げる。ジュッ、ジュッ、と音がするのは、フローランがすでに濡れている証《あかし》だ。男が後ろに深々と身を沈めている状態では、意地を張るのも限界がある。フローランは男の体の下で悶え、のたうち、やがて男の手と自身の腹に、降伏の証を噴き出した。

「ぅ……ぅ、ふ……」

フローランは碧玉の瞳を瞠り、涙を流す。今まで、ガスパール以外の誰にも渡さなかったものを、この男に明け渡してしまった……。

──ガスパール…………ゆる、して……。

その瞼に、男が唇をつけてくる。

「…………フローラン」

掠れるような囁き。

その瞬間、フローランは気づいた。

この全裸の男が、兄のガスパールであるということに。


「舌を噛まぬ、と約束するなら、今この板を外してやるが……大丈夫だな？」

闇の中で、フローランはこくりと頷いた。その仕草に、確かなものを感じたのだろう。ガスパールはナイフを取り出し、フローランの口と頬をきつく縛《いまし》めていた板切れの紐《ひも》を、ぷつりと切断した。

「……あ……う、え……」

兄上、と囁いたつもりの声は、ひどく醜く潰れていた。喉に走った激痛に思わず身を丸める。その様子で、ガスパールはフローランが声を奪われたことを悟ったようだ。

「ウスターシュ……っ！」

怒りと憤りを具現化したような声で呻り、歯噛みする。腰布もまとわぬ裸体であるだけに、激しい怒りがその全身に波打つように張っていくさまが、まざまざと感じられた。

闘争に挑む前の狼のように、ふーっ、ふーっ、と呻り、やがて、それが鎮まって、真っ先に口にしたのは――。

「あ奴の生皮を剝いで生きたまま細切れに刻むのは、後だ」

必ずそれをやるだろう、と確信するような口調の次に、ガスパールは「鎖を外すぞ」と告げる。

手首の部分を探り、「面倒だな」と呟くと、立ち上がって牢を出て行く。再び鎧戸をくぐって現れた時には、斧《おの》を手にしていた。ちらりと見た鎧戸の向こうでは、不寝番の兵士が昏倒《こんとう》している。殴って意識を失わせたのか、それとも殺したのか――。

「動くな、フローラン……」

ガスパールはフローランを横たわらせると、斧を構えた。この闇の中で鎖を両断しようというのだ。少しでも剣筋が狂えば、フローランの手首が落ちる。

だがそうと知りつつ、フローランは従順に目を閉じた。

(構わない。兄上がなさることなら、たとえ両手を斬り落とされようと――)

静かに時を待つフローランの前で、無言の気合が一閃する。キン、と金属の音。

ガスパールは鎖を見事両断してのけた。左右どちらも、フローランの肌には傷ひと筋つけぬ、人間離れした技だ。

「……ぁ…………」

フローランは左右の手が自由になったことを確かめ、兄を見上げた。ガスパールは暗闇の中で、漆黒の瞳を瞠り、白目を光らせている。

(ガスパール……)

飛びついて、抱きしめたい。だが……。

（わたしはもう……他の男に汚されて……）

躊躇するフローランを、ガスパールの両腕が抱きすくめる。その強い力に、ああ、嫌われてはいない、と安堵と共に歓喜が湧き上がり、闇の中で、探り合うように慌ただしく、兄弟は唇を交わした。

「……すまなかった。いきなり、名乗りも許しもなく抱いたりして……」

ガスパールは吐息のように掠れた囁きを漏らす。

「そなたの姿を見て……我慢できなかったのだ。今すぐ、そなたから彼奴らの痕跡を消し去らずにいられなかった……」

「……ぁ……ぁ……」

フローランは兄の腕の中で慄いた。では、やはり、ガスパールは知ってしまったのだ。ドワイヤンの男どもの手に落ちたフローランが、どれほど穢されたか。どんな風に穢されたかを。体の中まで侵入して、男たちが刻んだ痕跡を、余さず知ってしまったのだ……。

絶望感に襲われ、カタカタと体を震わせるフローランの髪に、兄の唇と、忙《せわ》しない囁きが降る。

「フローラン、思い違《たが》えるな。そなたは俺のものだ。たとえ他の男に奪われようと、どれほどの数の男に蹂躙されようと、再び俺に抱かれたのなら、今はまた俺のものだ。その認識を誤るな」

「————ッ」

「……よし、脱出するぞ」

フローランが納得まではしていないものの、竦んだように頷いたのを見て、ガスパールは異母弟の痩身を肩に担ぎ上げ、立ち上がる。

そしてささやかな灯火に褐色の肌を光らせ、短剣を口に咥えて、音もなく素早く、牢を脱出した。

城内の通路を駆け抜ける途上、所々で見張りの兵士が、居眠りをしているような格好で昏倒したり、あるいは殺されたりしていたのは、おそらくこの兄の仕業《しわざ》だろう。ガスパールは誰ひとり部下も供も連れず、己れの身ひとつで潜入してきたようだ。

自分を担いで走る兄の、鉄腕と背の厚さに、フローランは一瞬、胸を貫かれるほどの恋しさを覚えた。

(ガスパール……！　ガスパール……！)

来てくれたのだ。夢ではない。フローランを助けるために――仰天するような格好で、しかもいきなりフローランを犯す業の深さは相変わらずだったけれども――来てくれたのだ……！

身を小さく丸め、兄の太い首に腕を回してしがみつく。兄が少しでも動きやすいように――というだけではない。今この瞬間、フローランはガスパールと溶け合ってひとつになってしまいたかった。兄の体に溶けて、ガスパール・オクタヴィアンの一部になってしまいたかった。それほどに――。

「す…………き…………」

声にならないほどの囁きは、フローランの喉に再度千切れるほどの痛みをもたらした。それでも、フローランは告げたかった。あなたが好きです。今ならばもう死んでもいい……と。

闇の中を夜行性の獣のように疾走したガスパールがたどり着いたのは、意外にもあのフローランの執務室だった。扉を開き、中に滑り込むと、不気味な黒い口をぽっかりと開けた脱出口が、ごぅ……

と唸る風を噴き上げている。

(兄上は、ここから城内に――?)

フローランは信じられない思いで兄の顔を見る。

確かに、この穴は城外へ繋がっているが、下の水面から執務室までは、ほとんど垂直の縦穴だ。城の地階から楼閣《ろうかく》の最上階までの高さを、いったいどうやってよじ登ったのか――。

「……何、大したことはない。排水路や便所の穴から城内へ侵入するのは、城塞《じょうさい》の攻防戦ではよくあること。手足のかかる凹凸が適当にあるし、裸体ならばなお身軽だ」

「……」

超人的なことをさらりと言い捨てて、ガスパールは巻き毛を掻き上げた。その髪が濡れている。そういえば、肌を重ねてきた時も全身が水気を帯びていた。それに、一糸まとわぬこの裸体。つまり兄は水路を泳いできたのだ。泳いできた上に、この縦穴を登って――。

「脱げ」

兄はだしぬけに告げた。フローランが息を飲むと、「いや、そうではない、フローラン」と慌てて否定する。

「着衣のまま落水すれば、どれほど泳ぎが達者でも、水を吸った衣服が邪魔になり、溺死する可能性が高いと、昔教えただろう。池や川で泳ぐ時は、なるべく裸に近い姿になれ、と」

「……」

「落ちた水音を聞けば、敵は脱出者が堀に逃げたと思う。だがこの水路は城の堀ではなく、ベルティーユ川に直接繋がっている。人の心の裏を掻く設計は見事だが、随分と危険な仕掛けだな。ニナはそなたの機転のおかげで助かったが、裸体でなければ途中で溺死していたかもしれぬ」

「ニ……」

ニナは助かったのですね、と喜色満面に問いかけようとしたフローランの衣服を、ガスパールは無言で引き裂いた。闇にも白い裸体が、露わになる。

（――――！　ガスパール……！）

しゃべっている時間が惜しかっただけだ、とわかってはいたが、フローランは兄の行為に、淫靡《いんび》な情動を感じてしまった。この闇の中、男の手で一糸まとわぬ姿にされて、ガスパールとふたりきり……。

「フローラン」

兄も闇の中の異母弟の息遣いに、何かを感じたのだろう。フローランを抱き寄せ、厚い胸の中に抱き込み、隙間なく肌を合わせたまま、唇を契ってくる。

「……そなたを抱えて泳ぎ切れるかどうか、正直わからぬ」

そして離したばかりの唇で呟いたのは、ガスパールらしからぬ気弱な言葉だった。

（そうだ、兄上はまだ、お怪我が治癒なさってはおいでではないのだ……）

そんな体で助けに来てくれたのか、何と無茶な――と目を瞠るフローランに、兄は真剣なまなざしを返してくる。

「俺と共にベルティーユに沈むことになるやもしれぬが――良いか？」

フローランは頷くことを躊躇し、ふと思いついて、兄の掌に指先で文字を書いた。

——もし、もう駄目だと思われたら、その時はどうかフローランを見放して下さいませ。

兄上だけは何としてでも生還して下さいませ、と伝えると、ガスパールは「ばか」と返してきた。

「そなたはこのサン＝イスマエルの君主ではないか。臣下たる者が、君主を助けずに己れの命を取れるものか」

（——でも……）

「そなたは離さぬ」

ガスパールは議論の余地はない、とばかりに宣告した。

「ふたりで生還するか、ふたりで死ぬか、ふたつにひとつだ、フローラン」

「…………ッ」

「良いな」

ガスパールはもはやフローランの答えも待たず、裂いた衣服の布でフローランの体を己れの背にくくりつけた。両腕を前に回させ、首を抱かせる形に組ませる。

「行くぞ」

フローランが頷き、瞼を閉じる。それを合図に、ガスパールは床を蹴った。

落ちていく間、ガスパールのたくましい背に、ひたすらしがみついていた。

この上なく幸福な気持ちだった。

ガスパールとフローランが水の塊《かたまり》を抜けた時、ベルティーユ川の水面はうねり、水は黒い怪物のようにふたりを呑み込もうとしていた。もとより夜半のことで、ここがどこか、どこまで流されたか、岸辺がどちらかもわからない。

「ア………！」

兄上、と呼びかけようとした喉に、激痛と水が同時に襲い掛かる。「しゃべるな、フローラン！」とガスパールの声が力強く響いた。

「水を飲まぬよう気をつけろ！　しっかりと、息だけするんだ！」

「……！」

兄の泳ぎは、力強いものだった。このたっぷりとした水のうねりの中で、フローランを背負い着実に水を掻いている。とても怪我人の泳ぎとは思えない。

（兄上――――！）

助かりたい、と水に翻弄されながら、フローランは初めて思った。助かりたい。兄と一緒に助かりたい。もう一度会えた、それだけでもう死んでもいいと思った。だがせっかくここまで来て、希望が見えてきたのだ。助かって、兄と、この男と一緒に生きていきたい……！　一緒に……！

「たいこうでんかぁー！　ガスパールさまぁー！」

その時、甲高い子供の声が水音の向こうから響き渡った。「こっちだよー！」と叫ぶ声は、ひとりのものではない。

「お前たち、ほらもっと火を振って！　声を上げて！　おふたりからよく見えるようにするんだよ！」

「松明を、隣りの子にぶつけないようにね！」

聞こえた老若ふたりの女の声は、あの城下で酒場を経営している未亡人と、ニナのものだ。

「殿下！　伯爵閣下！」

自らも松明を手に岸辺を疾走しているほっそりした影は、女官長だろうか——。

「あちらが岸だ、フローラン！」

ガスパールが告げる。

「浅瀬の場所を、知らせてくれている！」

目標の定まったガスパールの泳ぎは、さらに力強くなった。フローランはそんな兄にぴったりと身を寄せて、水の抵抗を少しでも軽減するのが精一杯だ。

「おかーさん！　いたー！　でんかたち、いたよー！」

幼子《おさなご》の声に、松明の炎が一箇所に集まる。「殿下ぁ！」と岸からロープを投げたのは、ニナの婚約者のヤンだ。ガスパールはそれを受け止め、自らとフローランの体に巻きつけた。

岸辺の人々——と言っても、大半は子供たち——が、群れ集うようにしてロープに摑まり、懸命に引く。ガスパールの膂力もあって、ほどもなくふたりは岸辺に引き上げられた。

「殿下！　ガスパール様！　おふたりともよくご無事……きゃあぁぁぁぁ！」

涙ながらに小石を踏んで駆け寄ったニナが悲鳴を上げて飛び退《の》いたのは、兄弟がどちらも一糸まとわぬ真っ裸だったからだ。すでに娘ではなく女になっている身とはいえ、まだ若い彼女には刺激がき

ついだろう。

「も、も、申し訳ございませ……！」

小娘の侍女が婚約者に支えられながら目を塞いでいるうちに、落ち着き払った女官長と酒場の未亡人が、それぞれにマントを手に、フローランとガスパールの前に進み出てきた。

束縛をほどいてもらっているフローランに、女官長が一礼する。

「ご無事の帰還、心よりお祝い申し上げます、フローラン二世殿下」

「ほんとに、よくもまあ、ご無事で……」

未亡人は涙ぐんでいた。

「せめてもの御恩返しができて、本当に良うございました！　この子たちはみんな、殿下に食い扶持を助けていただいたガスパール様の元部下の家族なんですよ？　どうぞ褒めてやって下さいまし！　ほらお前たち、ご挨拶は？」

未亡人のエプロンに摑まる小さな息子と、その友人たちが、一斉に照れたような笑みを浮かべる。

フローランは、つられてふわりと微笑んだ。女官長の手が、その肩にマントをかける。

だが群れ集う子供たちに、「ありがとう……」と声を発しようとして――。

「フローラン！」

がくりと崩れ落ちるフローランを、兄の腕が抱きとめた。

──フローランの記憶は、その後がごっそりと欠け落ちている。

若い大公が昏々《こんこん》と眠り続けている間に、すべては終わっていた。

以下のことは、追々《おいおい》、ニナや女官長らから聞いた話を繋ぎ合わせて知ったことだ。

フローランの身柄を確保したガスパールは、気絶した主君の身をディオンを長とする護衛隊の一団に託すや、腰を落ち着ける間も置かず、ブランシュ城に夜襲を仕掛けたのだそうだ。

確かに、ドワイヤン側がフローランの脱出を知り、混乱している隙を狙わねば勝機はなかったのだが、それ以上に、バルビエール伯爵は──ガスパールは、怒りに我を忘れていたのだ。

──我が主君《モン・セニュール》を傷つけし者どもに復讐を！

自ら先頭に立って突撃するガスパールの怒号に、必死で付き従う部下たちは、この先に待ち受ける戦いよりも、自分たちの主がこれから降らせるであろう血の雨を想像して、恐怖に打ち震えたという。

その想像は、当たった。

城に侵入したガスパールは、鬼神のように戦い、悪魔のように殺した。

特に己が主君を裏切り、売った三臣下に対する憎しみは凄まじく、三人の体はそれぞれに逃げ惑った先で、ほとんど原型もとどめぬほどなます斬りにされたのだそうだ。ヴィシウスは暖炉の横で、アンブロワーズは会堂で、一番小柄なロランスはかまどの灰の中に埋もれているところを。

そして三臣下を唆《そその》かしたウスターシュは、フローランの逃亡を知るや、事破れたりとばかり配下の兵や三臣下を囮に残し、間一髪、わずかな手勢と共にブランシュ城から脱出したが、国境を越える寸前でガスパールに肉迫された。

しかし、さすがにウスターシュは卑劣ななりにも騎士であった。追い詰められたことを知ると、それ以上無様《ぶざま》に逃げることを諦め、剣を取って反撃を試みた。

だが、所詮《しょせん》は宮廷暮らしに慣れた貴族の剣技である。怒りに燃えるガスパールの敵ではない。技量以上に、気迫が根底から違ったのだ。ほんの数合でウスターシュの剣を跳ね飛ばしたガスパールの剣には、死神の鎌のような重さと速さが宿っていた。

ウスターシュの最期の様子は、ガスパールが直《じか》に語ってくれた。

それによると、かの従兄の末期の言葉は、意外なことに、命乞いでも罵倒でもなく。

——エロイーズ！

ドワイヤン侯爵家の女当主にして、ウスターシュを始めとするあまたの男を閨に侍らす一代の女傑の名であったそうである。

「……惚《ほ》れていたのだろうな」

そのウスターシュを斬ったガスパールは、後日そんな感慨を漏らした。

「だが、あ奴め。己れがはるかに年上の、自分以外にもあまたの情夫がいる女に心を奪われていると認めたくないがために、そなたに気がある風を装って、色事師としての面目を保っていたのだろう」

愚かな、と吐き捨てつつ、それでもガスパールはいくばくか同情を覚えたのだろう。かの騎士の遺骸は皮を剝ぐことも切り刻むこともせず、きちんと棺《ひつぎ》に納めてドワイヤンに戻してやったそうである。

「——この者の最期の言葉は御身が名なり……と使者に口上させると、女侯爵殿はその場で棺の蓋を開けさせ、情夫の骸《むくろ》を抱きしめて、身も世もなく号泣したのだそうだ。馬鹿馬鹿しい。結局、惚れ合っていたのではないか。ウスターシュも、だからこそ女を喜ばせるために無理をして……」

ガスパールはそこで急に言葉を切り、不機嫌にむっつりと押し黙った。なぜか他人の男女の仲をむきになって語り、また自分が斬った男に少なからず同情もしてしまっていることに気づいたのだろう。

「……噂では、女侯爵殿はめっきり老け込んで、政《まつりごと》を見るのももう嫌だと部屋に籠もり切りになってしまったのだそうだ。当面、サン＝イスマエルに復仇《ふっきゅう》を企む気力はあるまいと思うが、さて——先のことはわからぬな」

かの女傑のことだ。一年もすれば情夫の死からも立ち直り、またぞろサン＝イスマエルに触手を伸ばしてくるやもしれぬ。その時はまた戦わねばなるまい……と呟き、ガスパールは腰間の剣の柄《つか》を叩いた。

ブランシュ城の大広間に、壮麗なファンファーレが響き渡る。

「お集まりの皆さま！　第五代カテル大公、フローラン二世殿下のお成りにござりまする――！」

おびただしい蠟燭を灯した広間に集う人々が、さやさやと絹服を鳴らし、一斉に低頭する。

そして、年若い侍従に手を引かれ、おおよそ半年ぶりに人々の前に姿を現したフローラン・ロザーヌ・ドゥ・カテルは、大方の予想を裏切り、輝かんばかりの美しさだった。おお……とどよめいた居並ぶ群臣団と貴婦人たちは、だが、その姿を痛々しい思いで見やる。

――おいたわしいことよ。半年前、あれほどドワイヤンのやつばらに蹂躙されなされたというのに……。

――真《まこと》に……医師の話では、いまだお声が出ぬのは、毒の影響よりも、ご傷心が深いせいじゃと言うぞ。あのお姿も、どれほど無理をして整えられたことか……。

――長く我らに顔見せできぬお心持ちであられたのも無理はない。下郎どもにまで寄ってたかって手籠《てご》めにされて、穢された御身じゃ。さぞや世に顔向けできぬ御心境だったのであろ……。

その時、かつーん、と甲高い靴音がした。ひそひそ話に勤《いそ》しんでいた臣下たちが、慌て慄いて口を閉ざす。

「第四代バルビエール伯爵。ガスパール・オクタヴィアン様、ご入場――！」

この夜のガスパールは、甲冑姿ではなく、冬の正装である厚い長衣《トーガ》を身に着けている。いかにも、柄ではない――と言いたげな表情だが、豪華な意匠に負けることのない、堂々たる姿だ。

玉座の前に進み出た兄が跪くのを見て、フローランが傍らの侍従に合図をする。主君とは色合いの異なる金髪の侍従は、ディオンだ。今は正式にフローラン二世の直臣である。

「——我が主君《モン・セニュール》、フローラン二世殿下の御下命により、僭越《せんえつ》ながら代弁を勤めさせていただきます
る」

この秋に声変わりしたばかりの大人の声を、ディオンが広間に響かせる。その掌に、フローランの
指先が文字を綴《つづ》ってゆく。

「第四代バルビエール伯爵。ガスパール・オクタヴィアン！」

「ははっ」

「今日、この時より、汝《なんじ》をサン＝イスマエル公国摂政に任ず。予の名代《みょうだい》として誠実にこれを務めよ」

「——謹《つつし》んでお受けいたしまする」

主従の受け答えはこれだけだった。フローランは軽く頷くと、一度も玉座に腰を落ち着けることな
く、再び退出していったのである。

戸惑ったようにざわつく群臣と貴婦人たちに向けて、ガスパールが立ち上がる。

「皆、良う聞かれよ。フローラン二世よりの御命である」

朗々たる声は、代理君主としての貫録と自信にあふれている。

「フローラン殿下には、先の叛乱事件で受けた御傷が未だ癒えず、皆と歓談なされることは叶わぬと
のこと。しかしながらせっかくの機会ゆえ、皆にはこの秋の新酒と、ささやかながら新鮮な山の幸の
料理を楽しんでもらいたい、と仰せである」

そうして、広間に運ばれてきたのは、城の料理人一同が腕によりをかけて整えた各種の肉料理であ

った。冬の気配が忍び寄るこの季節には、最高の御馳走である。

「僭越ながら、主君フローラン二世の代理として、このガスパールが乾杯の音頭を取らせていただこう。我が祖国サン＝イスマエルと、我が主君《モン・セニュール》に幸あれ！」

「幸あれ！」

そして乾杯の後は、楽師たちが奏でる音色を聞きつつの歓談の時間である。たちまち、広間を人々のさんざめきが埋め尽くす中、後ろ暗く、ひそひそと囁かれる声がある。

――ふん、「フローラン殿下の代理」、「我が主君の御命令」……か。この先ずっとあの調子で我らに振る舞うおつもりかのう、伯爵は……主君の災難に乗じて、まんまと国権を簒奪《さんだつ》しおって……。

下卑《げび》た声で吐き捨てつつ、給仕が差し出すワインを口にしたその貴族は、ひと口飲むや、舌を噛まれたように「ぎゃっ」と声を上げて吐き出した。転がったゴブレットから転がり出て来たのは、棘《とげ》のついた茎である。素早く場を離れた給仕が、広間の端でふんと笑う。料理人のヤンだ。おそらく結託しているのであろう。侍女として働く新妻のニナも、ひっそりと会心の笑みを浮かべている。

そんな喜劇を横目に見つつ、ガスパールは苦く笑った。自分は何と言われようと構わぬが、あの男は先ほどフローランのことを「穢れた身」だなどとほざいていた。到底許せるものではない。若夫婦には後で、「よくやってくれた」とひと言言い添えておこう。

ひと通りの挨拶を交わしつつ場を過ごし、後を配下やディオンに任せて、ガスパールは広間を退出する。

そして、宴に人手を取られ、人も少なげな城内を靴音を響かせて歩き、たどり着いたのは、タペストリーの陰に隠れるように佇む、一枚の扉だ。かちゃり……と押し開ければ、そこはいきなり螺旋《らせん》の石階段になっている。そして再び、靴音を響かせながら上り詰めた先には、また扉があった。

ノックの必要はない――と事前に教えられていた通り、無言で手を掛け、押し開ける。

そこには、明らかに貴人の幽閉を目的とした円形の部屋があり、不幸な囚人生活のせめてもの彩《いろどり》に――という意図でか、点数は少ないものの、豪奢《ごうしゃ》な家具調度が置かれている。

ここが、隠棲《いんせい》したカテル大公の新しい寝室だった。その、美しく重厚な織物を天幕に用いた寝台に、伝説の眠れる美女のような姿で、フローランが横たわっている。

やや面やつれが目立つものの、白銀の額、形の良い鼻、麗しい瞼と薔薇色の頬は、相変わらず、神秘的なまでの美しさだ。

魅了されたように、ガスパールは覆いかぶさり、厳《おごそ》かに口づけを捧げる。

「……っ」

ひそやかな衣擦れの音を立てて、兄弟はひとつに重なり合った。

――下郎どもにまで寄ってたかって手籠めにされて、穢された御身じゃ。さぞや世に顔向けできぬ御心境だったのであろ……。

陰りのない乳白色の肌に触れながら、耳に蘇《よみがえ》る疎《うと》ましい声を、ガスパールは内心で嗤《わら》う。

(愚か者どもめ。見るがいい。フローランは毛ひと筋ほども穢れてなどおらぬ……それどころか、身を挺して俺と、この国の領民を守った聖君主なのだ。この神聖な魂に、穢れなどあり得ぬわ――)

半年前、ドワイヤンの軍勢の掃討《そうとう》をひと通り終え、帰還したガスパールに、フローランは意識を取り戻すや否や、掌に指で文字を書いて伝えたのだ。

――ご安心下さいませ。兄上との秘密は、最後まで守り通しました……。

――ガスパール……愛しています……。

弱々しくも誇らしげな微笑を張り付けたまま、再び意識を失った異母弟を見た瞬間、ガスパールはフローランのやつれた手を握りしめ、声を呑んで落涙した。

(愛されていたのだ――)

その瞬間、長く心を鎧っていた不信の殻《から》が削げ落ち、剝き出しの心臓から、悦びが湧き上がった。

(愛されていたのだ。父上の残した負い目でも、自分を守り甘やかしてくれる兄への慕わしさでもなく、俺はフローランに愛されていたのだ。愛されて、守られていたのだ――)

清浄な朝日が、横たわり昏々と眠るフローランと、その手を握りしめて泣く自分の上に降り注いでいたのを、ガスパールは憶えている。おそらく生涯忘れることはあるまい。あの心満たされた瞬間を。

……だが、ガスパールの幸福と引き換えるかのように、フローランの心身の傷は、なかなか癒える気配を見せなかった。相変わらず弱々しいくせに責任感が強く、これも君主の務め、と無理に自分に言い聞かせては、何とか出御しようとするのだが、衣装を整えている間に嘔吐《おうと》し、ひどい場合は気絶してしまうのだ。

周囲から無理をするなと止められるのを、それでも半年、頑迷《がんめい》なほどに努力を続けた末、ようやく、これはもうとても無理だ――と諦めたフローランは、ガスパールを摂政に就任させ、自身は政の一線を退くことを表明した。

そして、自ら隠棲者《いんせいしゃ》としてこの塔の上の部屋で暮らすことを選び――ガスパールに、指文字で告げたのだ。『今宵――』と。

おそらくこの逢瀬は、国の実権を渡すだけではなく、己れの何もかもをガスパールに捧げる――という、フローランなりの覚悟の儀式なのだろう。この年若い君主は、以後の人生を兄の影として生きていくつもりなのだ。

ガスパールはそれに、あえて異議を唱《とな》えなかった。摂政の地位を欲したからではない。この異母弟の傷が癒えるまでには、まだまだ長い時間が必要だからだ。その間は、誰に何と非難されようと、黙ってこの弱小国の君主としての重荷を背負う覚悟だった。不忠者の簒奪者《さんだつしゃ》と罵られても構わない。フローランの愛さえあれば、自分はどんな苦難にも耐えられるのだから……。

「……ぁ……ぁ……」

ガスパールが衣服を開きながらその胸元に唇で触れると、フローランは恥ずかしげに身を捩った。そのあえかな艶声に混じって、宴のざわめきと音楽が聞こえてくる。

何という禁断の悦びであることか。階下には大勢の貴顕《きけん》が群れ集うその同じ城で、兄弟が肉の悦びを分かち合うとは……。

「……フローランっ……！」

愛しさと劣情が同時に湧き上がり、ガスパールは異母弟であり主君である若者を抱きすくめる。

――ずっと寂しかった。ずっと虚《むな》しかった。

母は、最後まで自分を棄《す》てた夫しか愛そうとしなかった。優しかった父は、だが義務感と負い目から来るもの以上の愛情をくれなかった。その虚しさが、美しい異母弟への常軌を逸した執着を生んだ。

だがその狂気のような執着すらも、フローランは両腕で抱きしめてくれた。どこまで自分を受け入れてくれるか、その心に偽りはないか——と苛んで泣かせ、試すような真似も散々してしまったのに、フローランはすべてを赦し、受け入れ、ひたすらにこの禁断の愛を守ってくれたのだ——。

「フローラン……こよなき我が主君《モン・セニュール》よ」

細い肢体から衣服をすっかりと剝ぎ落としながら、囁く。

「そして、こよなく我を愛して下さる御方よ」

はっ、とフローランが息を呑む気配に、声を低める。

「御身《おんみ》の愛を——もっと頂戴《ちょうだい》したく存ずる」

欲しい、と求愛しつつ、恭しく心臓の上に口づけると、フローランは「……ぉ」と歓喜の声らしきものを漏らした。とくとくと、愛らしい鼓動が唇に直に伝わってくる。そのすんなりと伸びた両腕が、ガスパールの頭を抱きしめた。

嬉しい、嬉しい——と伝えてくるかのように。

「……っ」

もっと抱きしめられたくて、もっと包まれたくて、ガスパールはフローランの膝裏を掬い、慎み深く閉じた蕾に指で触れた。つぷりと突き入れ、慎重にほぐす。

「——ッ、ァ……」

陵虐を受けた記憶もまだ生々しいだろうに、フローランは健気にも、兄の指を従順に受け入れている。褥を摑み、恐怖の記憶に懸命に耐える姿が哀れではあったが、ガスパールは、異母弟を奪うことを選んだ。奪って、己れのものにすることを。

宴の楽の音を遠くに聞きつつ、肉の楔で、愛しい相手を穿っていく。

全身に伝わる震え。締めつけられる感触——。

「——ッ……！　フローラン……！」

ガスパールはその肉の温かさに蕩けた。深く受け入れられ、あやすように柔々《やわやわ》と食まれて、愛されている——と感じることができる。

——愛されている——特別な男として……ただひとり、己れの意思で許した相手として、俺は今、フローランに愛されているのだ……。

「フローラン、フローラン、フローラン……！」

夢中で腰を使う。乱暴ではないが激しい仕草で動きに動いて、味わう。フローランはじっと目を閉じ、包み込んでいてくれる。その優しさに甘え、感じるままに中で達すると、薄く開いた唇から、「あ……」と悦楽の声が漏れる。

震えるような絶頂の瞬間、フローランもまた感じたのだ。それを確認し、幸福感が湧き上がる。

ガスパールは満足の息をつきつつ、唇を合わせた。

クチュ……と舌が絡み、音が立つ。その蕩けた感触に愛しさが募り、唇を合わせたまま、「フローラン……」と呟く。

それに応えるように、可憐な唇が、（ガスパール……）と蠢いた。

「ガスパール、ガスパール……！」

いや、動きだけではない。ガスパールは驚き、顔を離して、フローランの顔を凝視した。

「ガスパール……！」

音楽よりも美しい、妙なる響き。

空耳ではなかった。そこには、輝くような笑顔と共に、愛しい男の名を呼ぶ妙音鳥《フィロメル》の声が、真実蘇っていたのだ。フローランの心を最後まで塞いでいた何かが、消え去った証のように。

「フローラン……！　我が主君《モン・セニュール》……！」

フローランの碧玉の瞳に、己れの顔が映っている。歓喜と驚愕の混ざった、何とも形容しがたい表
情だ。その顔が、滲み、ぼやけ、やがて涙に溶けて頬に流れた。

「ガスパール……」

花弁のような唇が囁く。

「ああ……やっと笑って下さった……やっと……」

涙しながら歓喜する弟の唇に、兄は口づけた。臣従礼《オマージュ》の時よりも厳かに。

永劫《えいごう》の、愛と忠誠を込めて。

あとがき

BL《ボーイズラブ》をこよなく愛する素晴らしき大和撫子の皆さま（もしかすると日本男子の皆さまも）、ごきげんよう。高原《たかはら》いちかです。

今回久々に架空歴史ファンタジーの世界へ戻って参りました。馬と甲冑と剣の世界です。そして毎度のことながら血みどろです。ブラッディ高原節全開です。ガスパール兄ちゃんいったい何人殺《や》ったんや……（ガクブル）。

ついでに言うとこの男、どうやら「どんな重傷もフローランとえっちすればすぐに完治！」というステキ体質らしいです。自分で生み出したキャラながら、もはや人間じゃありませんね……怖ろしい子！（ガクガクブルブル）。

そしてまた毎度のことながら、イラストの先生には、大時代的な衣装だの小物だので散々ご面倒をおかけしました。高座朗《たかくらろう》先生、改めましてありがとうございます。

以下、蛇足ながら、いくつか補足説明をしておきます。

作中、「妙音鳥《フィロメル》」という単語が頻出しておりますが、これはいわゆる「小夜啼鳥《ナイチンゲール》」のことです。「フィロメル」はギリシャ神話に由来する古称なのですが、文豪・坪内逍遥《つぼうちしょうよう》は、沙翁《シェークスピヤ》の「眞夏《まなつ》の夜の夢」を訳す際、この鳥を仏教説話に登場する「迦陵頻伽《かりょうびんが》」の別名である「妙音鳥《みょうおんちょう》」と表記し、それに「フイロメル」とルビを振りました。情け容赦もなくカタカナ語を増やしていく現代の翻訳に比べて、やはり昔の文人の感覚は繊細かつ優雅です。まあ繊細でも優雅でもない本作では、素直に「ナイチンゲール」でも良かったんですが、現代日本でこの語を使うと、まず十中八九「ヴィクトリア朝の白衣の天使」か、多少ヲタな人なら「某アニメの小説版に登場する赤いモビルスーツ」を連想される確率がかなり高かろう、と思い、借用させていただいた次第です。

それから「古くなったワインは味が落ちる」という件《くだり》で、「はて？　瓶に蜘蛛の巣がかかったビンテージワインが珍重されてるじゃないか」と思われた方がおられるかもしれませんが、ワインの長期保存が容易になったのは、実はガラス瓶が大量生産できるようになった十七世紀後半以降だそうです。瓶生産の工業化なんて世界史上では些細な出来事のようですが、実は人類の生活史に革命をもたらした出来事だったんですね。英雄豪傑の活躍だけでなく、こういう目立たない事象が大きな意味を持つのが歴史の面白いところです。

さてそろそろ字数が尽きそうです。末文ながら、いつもケッタイな歴史ものばかり書きたがる高原の面倒を見て下さる担当氏、職場の同僚諸氏、そしてこの本を手に取って下さった方々に、無限の感謝と愛を込めて。

平成二十六年六月末日

高原いちか　拝

引用

新修シェークスピヤ全集 第四巻 眞夏の夜の夢（中央公論社）坪内逍遥譯／昭和九年

LYNX ROMANCE

蝕《むしば》みの月《つき》

高原いちか

illust. 小山田あみ

本体価格
855円+税

画商を営む汐月家の三兄弟・京、三輪、梓馬。三人の関係は四年前、病で自暴自棄になった次男の三輪を三男の梓馬が抱いたことで、大きく変わった。血の繋がらない梓馬だけでなく、二人の関係を知った長男の京まで三輪を求めてきたのだ。幼い頃から三輪を想ってくれた梓馬のまっすぐな気持ちを嬉しく思いながら、兄に逆らえず身体を開かれる三輪。実の兄からの執着と、義理の弟からの愛情に翻弄される先に待つものは…。

LYNX ROMANCEx

英《えい》国《こく》貴《き》族《ぞく》は船《せん》上《じょう》で愛《あい》に跪《ひざまず》く

高原いちか

illust. 高峰顕

本体価格
855円+税

名門英国貴族の跡取りであるエイドリアンは、ある陰謀を阻止するために乗り込んだ豪華客船で、偶然かつての恋人・松雪融と再会する。予期せぬ邂逅に戸惑いながらも、あふれる想いを止められず強引に彼を抱いてしまうエイドリアン。だがそれを喜んだのも束の間、エイドリアンのもとに融は仕事のためなら誰とでも寝る枕探偵だという噂が届く。情報を聞き出す目的で融が自分に近づいてきたとは信じたくないエイドリアンだが…。

LYNX ROMANCE

花《はな》と夜《や》叉《しゃ》

高原いちか

illust. 御園えりい

本体価格
855円+税

辺境の貧しい農村に生まれた李三は、苦労の末に出世し、王都守備隊に栄転となるが、そこで読み書きもできない田舎者と蔑まれる。悔しさに歯噛みする李三をかばったのは十三歳の公子・智慧だった。気高く美しい皇子に一目ぼれした李三は、彼を生涯にわたって守る「夜叉神将」となるべく努力を続け、十年後晴れてその任につく。だがそんな矢先、先王殺しの疑いをかけられ幽閉されることになってしまった智慧に李三は…。

LYNX ROMANCE

旗《はた》と翼《つばさ》

高原いちか

illust. 御園えりい

本体価格
855円+税

幼き頃より皇太子・獅心に仕えてきた玲紀は、獅心から絶大な信頼と愛情を受けていた。だが成長した獅心がある事情から廃嫡の憂き目に遭い、玲紀は己の一族を守るため、別の皇子に仕えることになる。そして数年後、新たな皇太子の立太式の日、王宮はかつての主君・獅心率いる謀反軍に襲われてしまう。「俺からお前を奪った奴は許さない」と皇太子を殺す獅心を見て、己に向けられた執着の深さに恐れさえ抱く玲紀だが…。

LYNX ROMANCE

たとえ初《はじ》めての恋《こい》が終《お》わっても

バーバラ片桐　illust. 高座朗

本体価格 870円＋税

戦後の闇市。お人好しの稔は、闇市を取り仕切るヤクザの世話になりながら生活していた。ある日、稔はＧＨＱの大尉・ハラダと出会い、親切にしてくれる彼に徐々に惹かれていく。そんな中、闇市に匿われていた戦犯・武田がＧＨＱに捕らわれ、そのことで、ハラダが稔に親切にしてくれていたのは、武田を捕らえる目的だったことを知る。それでも恋心が捨てきれない稔は、死ぬ前にもう一度ハラダに会いたいと願うが…。

LYNX ROMANCE

月《げつ》狼《ろう》の眠《ねむ》る国《くに》

朝霞月子　illust. 香咲

本体価格 870円＋税

ヴィダ公国第四公子のラクテは、幻の月狼が今も住まうという最北の大国・エクルトの王立学院に留学することになった。しかし、なんの手違いか后として後宮に案内されてしまう。そんなある日、敷地内を散策していたラクテは伝説の月狼と出会う。神秘の存在に心躍らせ、月狼と逢瀬を重ねるラクテ。そしてある晩月狼を追う途中で、同じ色の髪を持つ謎の男と出会うのだが、後になって実はその男がエクルト国王だと分かり…？

LYNX ROMANCE

硝子《ガラス》細工《ざいく》の爪《つめ》

きたざわ尋子　illust. 雨澄ノカ

本体価格 870円＋税

旧家の一族である宏海は、自分の持つ不思議な『力』が人を傷つけることを知って以来、いつしか心を閉ざして過ごしてきた。だがそんなある日、宏海の前に本家の次男・隆衛が現れる。誰もが自分を避けるなか、力を怖がらず接してくる隆衛を不思議に思いながらも、少しずつ心を開いていく宏海。人の温もりに慣れない宏海は、甘やかしてくれる隆衛に戸惑いを覚えつつも惹かれていき…。

LYNX ROMANCE

狐《きつね》が嫁入《よめい》り

茜花らら　illust. 陵クミコ

本体価格 870円＋税

大学生の八雲の前に突如、妖怪が現れる。友人が妖怪に捕らわれそうになり、八雲が母から持たされたお守りを握りしめると、耳元で『私の名前をお呼びください』と囁く男の声が…。頭の中に浮かんだ名を口にすると、銀色の髪をした美貌の男が現れ、八雲を助け消えてしまった。白昼夢でも見たのかと思っていた八雲だが、翌朝手のひらサイズの白い狐が現れ『自分はあなたの忠実な下僕』だと言い出して──。

LYNX ROMANCE

身《み》代《が》わり花《はな》嫁《よめ》の誓《せい》約《やく》

神楽日夏　illust. 壱也

本体価格
855円＋税

柔らかな顔立ちの大学生・珠里は、名門・鷺津家に仕える烏丸家の跡取りとして、鍛錬に励む日々を送っていた。そんなある日、幼い頃から仕えてきた主の威仁がザーミル王国のアシュリー姫と婚約したと聞かく。どこか寂しさを覚えつつも、威仁の婚約者を守るため、人前ではアシュリー姫の身代わりを引き受けることになった珠里。だが身代わりの筈なのに、まるで本物の恋人のように扱ってくる威仁に次第に戸惑いを覚えはじめて…。

LYNX ROMANCE

囚《とら》われ王《おう》子《じ》は蜜《みつ》夜《や》に濡《ぬ》れる

葵居ゆゆ　illust. Ciel

本体価格
870円＋税

中東の豊かな国・クルメキシアの王子であるユーリは、異母兄弟たちと異なる金髪と銀色の目のせいで王宮内で疎まれながら育ってきた。ある日、唯一可愛がってくれていた父王が病に倒れ、ユーリは「貢ぎ物」として隣国に行くことを命じられる。その準備として兄の側近であるヴィルトに淫らな行為を教えられることに。無感情な態度で自分を弄んでくるヴィルトに激しい羞恥を覚えるものの、時折見せる優しさに次第に惹かれていき…。

LYNX ROMANCE

ゆるふわ王《おう》子《じ》の恋《こい》もよう

妃川螢　illust. 高宮東

本体価格
870円＋税

見た目は極上、芸術や音楽には天賦の才を見せ、運動神経は抜群。でも頭の中身はからっぽのザンネンなオバカちゃん。そんな西脇円華は、大学入学前の春休みにバリのリゾートホテルで余暇をすごすことに。そこで小学生の頃、一緒に遊んだスウェーデン人のユーリと再会する。鈍感な円華は高貴な美貌の青年がユーリだと気づくことが出来ず怒らせてしまう。それにもめげず無自覚な恋心を抱いた円華は無邪気にアプローチし続けて…。

LYNX ROMANCE

ファーストエッグ 2

谷崎泉　illust. 麻生海

本体価格
900円＋税

警視庁捜査一課でもお荷物扱いとなっている特命捜査対策室五係。中でも佐竹は、気怠げな態度と自分本位な捜査が目立つ問題刑事だった。その上、佐竹は元暴力団幹部で高級料亭主人の高御堂と同棲している…。端正な顔立ちと、有無を言わさぬ硬い空気を持った高御堂とは、快楽を求めあうだけの、心を伴わない身体だけの関係だった。そんな中『月岡事件』を模倣した連続事件が発生し、更に犯人の脅迫は佐竹自身にも及び…？

LYNX ROMANCE

シークレット ガーディアン

水壬楓子 illust. サマミヤアカザ

本体価格
870円+税

北方五都とよばれる地方で最も高い権勢を誇る月都。王族はそれぞれの守護獣を持っていて、第一皇子の千弦には破格の守護獣・ペガサスのルナがついていた。そのうえ、自らが身辺警護に取り立てた男・牙軌が常に付き従っている。寡黙で明鏡止水のごとき牙軌に対し、千弦は無自覚に恋心を抱いていたが、つまらない嫉妬から牙軌を辺境の地へ遠ざけてしまう。その頃、盗賊団によって王宮を襲撃するという計画がたてられており…。

LYNX ROMANCE

オオカミの言《い》い分《ぶん》

かわい有美子 illust. 高峰顕

本体価格
870円+税

弁護士事務所で居候弁護士をしている、単純で明るい性格の高岸。隣の事務所のイケメン弁護士・末國からなにかと構われ、ちょっかいをかけられていたが、ニブちんの高岸は末國から送られる秋波に全く気づかずにいた。そんなある日、同期から末國がゲイだという噂を聞かされた高岸は、ニブいながらも末國のことを意識するようになる。しかし、警戒しているにもかかわらず、酔った勢いでお持ち帰りされてしまい…。

LYNX ROMANCE

お金《かね》はあげないっ

篠崎一夜 illust. 香坂透

本体価格
870円+税

「勤務時間内は、俺に絶対服従」金融業を営む狩納に多額の借金で拘束される日々を送る綾瀬雪弥は、ある事情から二週間、狩納の親代わりである染矢の弁護士事務所で住み込みで働くことになる。厳しい染矢に認めてもらえるよう慣れない仕事にも頑張る綾瀬。一方、限られた期間とはいえ、綾瀬と離れて暮らすことに我慢できない狩納は、染矢の事務所や大学でまでセクハラを働き…？ 大人気シリーズ第8弾！

LYNX ROMANCE

無垢《むく》で傲慢《ごうまん》な愛《あい》し方《かた》

名倉和希 illust. 壱也

本体価格
870円+税

天使のような美貌を持つ、元華族という高貴な一族の御曹司・今泉清彦は、四年前、兄の友人であり大企業の副社長・長谷川克則に熱烈な告白をされた。清彦はその想いを受け入れ、晴れて相思相愛に。以来「大人になるまで手を出さない」という克則の誓約のもと、二人は清い関係を続けてきた。しかし、まったく手を出してくれない恋人にしびれを切らした清彦は、二十歳の誕生日、あてつけのつもりでとある行動を起こし…？

LYNX ROMANCE

執愛《しゅうあい》の楔《くさび》

宮本れん　illust. 小山田あみ

本体価格
870円＋税

老舗楽器メーカーの御曹司で、若くして社長に就任した和宮玲は、会長である父から、氷堂瑛士を教育係として紹介される。怜悧な雰囲気で自分を値踏みしてくるような氷堂に反発を覚えながらも彼をそばに置くことにした玲。だがある日、取引先とのトラブル解決のために氷堂に頼らざるをえない状況に追い込まれてしまう。そんな玲に対し、氷堂は「あなたが私のものになるのなら」という交換条件を持ちかけてきて…。

LYNX ROMANCE

神《かみ》さまには誓《ちか》わない

英田サキ　illust. 円陣闇丸

本体価格
855円＋税

何百万年生きたかわからないほど永い時間を、神や悪魔などと呼ばれながら過ごしてきた腹黒い悪魔のアシュトレト。日本の教会で牧師・アシュレイと出会ったアシュトレトは、彼と親交を深めるが、上総の車に轢かれ、命を落としてしまう。アシュトレトはアシュレイの一人娘のため彼の身体に入り込むことに。事故を気に病む上総がアシュレイの中身を知らないことをいいことに、アシュトレトは彼を誘惑し、身体の関係に持ち込むが…。

LYNX ROMANCE

空《そら》を抱《いだ》く黄《おう》金《ごん》竜《りゅう》

朝霞月子　illust. ひたき

本体価格
855円＋税

のどかな小国・ルイン国で平穏に暮らしていた純朴な王子・エイプリルは、出稼ぎのため世界に名立たるシルヴェストロ国騎士団へ入団する。ところが『破壊王』と呼ばれる屈強な騎士団長・フェイツランドをはじめ、くせ者揃いな騎士団においてはただの子供同然。自分の食い扶持を稼ぐので精一杯の日々。その上、豪快で奔放なフェイツランドに気に入られてしまったエイプリルは、朝から晩まで、執拗に構われるようになり…？

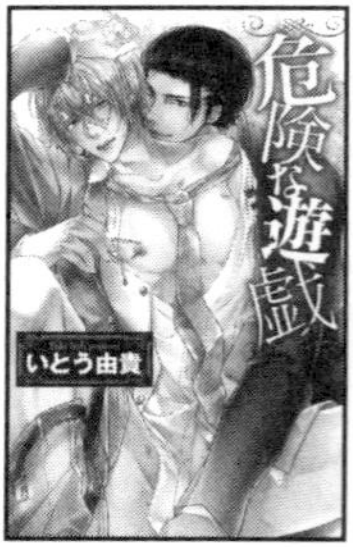

LYNX ROMANCE

危《き》険《けん》な遊《ゆう》戯《ぎ》

いとう由貴　illust. 五城タイガ

本体価格
855円＋税

華やかな美貌の持ち主である高瀬川家の三男・和久は、誰とでも遊びで寝る奔放な生活を送っていた。そんなある日、和久はパーティの席で兄の友人・義行に出会う。初対面にもかかわらず、不躾な言葉で自分を馬鹿にしてきた義行に腹を立て、仕返しのため彼を誘惑して手酷く捨ててやろうと企てた和久。だがその計画は見抜かれ、逆に淫らな仕置きをされることになってしまう。抗いながらも次第に快感を覚えはじめた和久は…。

LYNX ROMANCE

今宵《こよい》スイートルームで

火崎勇　illust. 亜樹良のりかず

本体価格
855円+税

ラグジュアリーホテル『アステロイド』のバトラーである浮島は、スイートルームに一週間宿泊する客・岩永から専属バトラーに指名される。岩永は、ホテルで精力的に仕事をこなしながらも毎日入れ替わりでセックスの相手を呼び遊んでいたが、そのうち浮島にもちょっかいをかけてくるようになる。そんな岩永が体調を崩し、寝込んだところを浮島が看病したことから、二人の関係は徐々に近づいてゆき…。

LYNX ROMANCE

臆《おく》病《びょう》なジュエル

きたざわ尋子　illust. 陵クミコ

本体価格
855円+税

地味だが整った容姿の湊都は、浮気性の恋人と付き合い続けたことですっかり自分に自信を無くしてしまっていた。そんなある日、高校時代の先輩・達祐のもとを訪れることに。面倒見の良い達祐を慕っていた湊都は、久しぶりの再会を喜ぶが、達祐から「昔からおまえが好きだった」と突然の告白を受ける。必ず俺を好きにさせてみせるという強引な達祐に戸惑いながらも、湊都は次第に自分が変わっていくのを感じ…。

LYNX ROMANCE

カデンツァ3 ～青の軌跡〈番外編〉～

久能千明　illust. 沖麻実也

本体価格
855円+税

ジュール=ヴェルヌより帰還し、故郷の月に降り立ったカイ。自身をバディ飛行へと駆り立てた原因でもある義父・ドレイクとの確執を乗り越えたカイは、再会した三四郎と共に『月の独立』という大きな目的に向かって邁進し始めた。そこに意外な人物まで加わり、バディとしての新たな戦いが今、幕を開ける――!そして状況が大きく動き出す中、カイは三四郎に『とある秘密』を抱えていて…?

LYNX ROMANCE

ワンコとはしません!

火崎勇　illust. 角田緑

本体価格
855円+税

子供の頃、隣の家に住んでいたお兄さん・仁司のことが大好きだった花岡望は、毎日のように遊んでくれる彼を慕っていたが、突然の引っ越しで離ればなれになってしまう。さらに同じ日に愛犬のタロが事故に遭い死んでしまった。大学生になったある日、望は会社員になった仁司と再会する。仁司と楽しい時間を過ごしていたが、タロの遺品である首輪を見せた途端、彼は突然望の顔を舐め、「ワン」と鳴き…?

LYNX R

この本を読んでの
ご意見・ご感想を
お寄せ下さい。

〒151-0051
東京都渋谷区千駄ヶ谷4-9-7
(株)幻冬舎コミックス　リンクス編集部
「高原《たかはら》いちか先生」係／「高座《たかくら》 朗《ろう》先生」係

リンクス ロマンス

蜜夜の忠誠

2014年6月30日　第1刷発行

著者……………高原《たかはら》いちか
発行人…………伊藤嘉彦
発行元…………株式会社　幻冬舎コミックス
〒151-0051　東京都渋谷区千駄ヶ谷4-9-7
TEL 03-5411-6431（編集）
発売元…………株式会社　幻冬舎
〒151-0051　東京都渋谷区千駄ヶ谷4-9-7
TEL 03-5411-6222（営業）
振替00120-8-767643
印刷・製本所…株式会社　光邦
検印廃止

ISBN978-4-344-83152-0 C0293
Printed in Japan

幻冬舎コミックスホームページ　http://www.gentosha-comics.net

本作品はフィクションです。実在の人物・団体・事件などには関係ありません。